毛 姆 文 集
W. Somerset Maugham

随性而至

The Vagrant Mood

〔英〕毛姆 著 宋佥 译

上海译文出版社

目　次

忆奥古斯都

I

我想我大概是为数不多的几个认识奥古斯都·海尔[①]的在世者之一了。当年我出版的第一本小说曾获得了一定的成功。奥古斯都请了一位我们共同的朋友邀我共进晚餐,见面一叙。那时我还年轻,二十有四,性格羞涩。可他却挺喜欢我,因为我虽然沉默寡言,却很乐意听他高谈阔论。此后不久,他从自己的乡间宅第"赫姆赫斯特"给我来信,邀我前去度周末。我因而成了他家的常客。

奥古斯都的那种生活方式已然是明日黄花了。因此我觉得在这里描述一下他的日常起居也未免不是件饶有趣味的事。每天早上八点,一个女佣身穿窸窣作响的印花连衣裙,头戴垂着饰带的软帽,准时踏进你的房间,端来一杯茶和两片薄薄的黄油面包,放在你的床头柜上。如果这是冬天,那女佣的身后还会跟着一个助手,同样穿着印花裙,只是没有那么鲜亮,那么窸窣有声。这位助手会将前一夜壁炉里的余烬耙走,再重新燃起一堆火。八点半,女佣再次光临,这次拿来了一小罐热水。她倒空了你前夜临睡前装模作样洗过的一盆水,把水罐放进盆里,再盖上一条毛巾。在她忙碌的时候那位助手会端来一个坐浴盆。她先在地上铺好一块白毯,免得有水溅在地毯上,然后在燃着火的壁炉前把坐浴盆放在白毯上,盆的两

[①] 奥古斯都·海尔(1834—1903),英国著作家和健谈家,出身世家,著作浩繁,主要是有关其家族名人的传记及众多著名国家和城市的历史、风情著作。

边分别摆上一大罐热水和一大罐凉水,还有从脸盆架上取下的肥皂盘和一条浴巾。这时女佣们告退。坐浴盆对今天的这一代来说一定是很陌生了。那是一个直径三英尺的圆盆,深约十八英寸,带有靠背。坐在盆里时靠背刚好抵到你的肩胛骨。盆的外部漆成胆黄色,里面是白色。盆里没有放腿的地方,所以只好把腿伸在外面。除非你会柔术,不然你是没法洗脚的。你也没法搓背,只能用海绵吸了水顺着脊背浇下去。这件家什的优点在于,因为你的脊背和双腿都不在水里,所以你没法像全身泡在浴缸里时那样优哉游哉。尽管你因此失去了天马行空,胡思乱想的雅趣,不过当九点钟早餐铃响起时你肯定已经打理完毕准备下楼了。

餐桌前奥古斯都这时已然安居上座。桌上摆好了丰盛的早餐,等待着他享用。他面前摆放着一本厚重的家传《圣经》和一大本包着黑皮封套的祈祷书。坐下时奥古斯都看起来庄重甚至威严。可他身子长,两腿短,所以一站起来就失去了先前的威风,显得实在有些可笑。客人们落座后仆人鱼贯而入。餐具柜前已经为他们摆好了一排椅子。柜子上除了一大只火腿和一对冷雉,其他各种各样的美味都盛在银餐盘中,下面点着细细的甲醛蓝焰保温。奥古斯都这时读了一句祷文。他的嗓音尖锐刺耳,有些金属感,读祷文时的语调让人觉得他可不会容忍任何关于上帝的胡言乱语。有时一位客人会迟到一两分钟;他非常小心地推开门,踮着脚尖溜进房间,好像恨不能变成隐形人。奥古斯都也不抬头,只是在句子当中停了下来,直到那位迟到的客人入座后才重新开口,接着刚才的地方读下去。空气中充满了斥责;但也仅此而已。奥古斯都此后便不再提及那个懒蛋的拖沓了。读完几句祷辞后他合上祈祷书,打开圣经。他读完了当天标记的段落,最后说道:"让我们祈祷吧。"听到这话我们所有人都跪了下来。客人们跪在膝毯上,仆人们跪在土耳其毯上，一齐和声吟诵主祷文。然后我们爬起身来，厨师和女仆们快步离开房间；片刻后侍女端来茶和咖啡，拿走圣经和祈祷书，取而代之以茶壶和咖啡壶。

对于家庭祷文我很熟悉。因此我注意到奥古斯都念的一些祷文在我听来很奇怪。我随后发现他把自己那本祈祷书里的很多行句子都干净利落地涂掉了。我问他为什么。

"我把所有赞美上帝的段落都划掉了，"他说。"上帝肯定是位绅士；没有哪位绅士愿意当着自己的面被人奉承。这很失礼，很不当，很庸俗。我想所有那些令人作呕的拍马逢迎一定都是对他的极大冒犯。"

当时这种想法对我来说非常古怪，甚至有些滑稽，但后来我渐渐觉得他也不无道理。

早餐后奥古斯都回到自己的书房，继续写他当时正在着手的一本自传。他自己不吸烟，也不允许在房间里吸烟，因此那些急于享用一天中第一斗烟的客人们就只能出门了。这在夏天倒也惬意。你可以捧上一本书，坐在花园里。可要是冬天就没那么舒服了，你只好躲在马厩里避避风寒。

午餐时间是一点钟，吃的是一顿结结实实的鸡蛋或者通心粉。如果没有前一晚的剩菜，就再配点蔬菜和甜点。下午，用过一餐丰盛的茶点后，奥古斯都披上黑套装，穿上黑皮靴，戴上硬领和圆礼帽，领着客人们去庭院里散步。他的地产不大，只有不到四十英亩。可通过精心规划，移花栽木，他让这里多少显露出点乡村豪宅的庄园气派。他同你一边走着，一边指点出他最近作出的改进——这里他成功地模仿了一座托斯卡纳别墅的花园，那里他试图营造出开阔的视野，别处他又设计了一条林荫走道。我不禁注意到，尽管他很反对阿谀奉承上帝，可对客人们的溢美之词他却洋洋自得地照单全收。散步最后以拜访"疗养院"作为终点。这里是他为招待那些遭遇困境的贵妇们安排的一间小房。他邀请夫人们一次来住上一个月,为她们提供旅费,还给她们送去庭院农舍里的土产。他会询问女士们感觉是否舒适,是不是还需要点什么。他是如此微妙地拿捏着施恩者与受惠者之间的落差感,把恩赐与慈善融为一体,即便是那些给庄园上的佃农送去小牛蹄冻和半磅茶叶的公爵夫人们也不能做得比他更好了。

散步过后是下午茶时间。这是丰盛的一餐,有烤饼、松饼、面包黄油、果酱、清蛋糕还有葡萄干蛋糕。下午茶持续大半个钟头,席间奥古斯都会谈起他的早年生活,他的游历见闻,他的众多友人。六点钟他回到书房写信。当铃声再次响起,通知大家下楼晚餐时,我们又见面了。女仆们穿着黑制服,戴着白帽子,系着白围裙为我们服务。晚餐有汤、鱼、禽肉或野味、甜点还有开胃菜;雪莉酒配汤和鱼,红酒配野味,波特酒配坚果和水果。晚餐后我们回到客厅。有时候奥古斯都为客人们大声朗读作品,有时候我们一起玩一种叫"哈尔马"的极其无聊的跳棋游戏。还有时候,当奥古斯都认为客人们足够体面时,会向我们诉说他的英雄往事。大钟敲响十点整,奥古斯都从壁炉旁的椅子里站起身来。我们走进大厅,拿起早已备好的银烛台,点上蜡烛,回到各自的卧室。房间的盆里有一罐热水,壁炉里的火熊熊地燃着。仅凭一根蜡烛的光没法读书。不过躺在一张四柱大床里,看着炉火闪动摇曳,直到你进入青春的梦乡,这也未尝不是件妙事。

这就是十九世纪晚期一座乡村小宅里的一天。这也或多或少反映了当时全国成千上万所类似宅院里的生活。它们的主人并不算富裕,但也足以维持那种优越舒适的生活方式了——这在他们看来是作为绅士理所应当的。奥古斯都很有家族荣誉感。没有什么比向客人们展示家族"奢华的过去"更能令他愉快了，而"赫姆赫斯特"充斥了这方面的见证。这是一座布局零乱的房子，宽走廊，低屋顶，没有什么建筑学价值。不过奥古斯都通过添加一两个房间，在花园里建起拱廊，还有时不时地装饰点瓮缸和雕塑——其中有一尊是曾经矗立在圣保罗教堂前的安妮女王和她的四随从——成功地给这地方营造出了某种氛围。这看起来就像是过去某个大贵族的遗产。如果没有未亡人来继承的话，还可以体面地暂借给某个前奥斯曼宫廷大使的遗孀姑妈。

II

奥古斯都深深地意识到他代表了一个古老的乡村世家——赫斯特姆塞克斯的海尔家族，并同很多贵族家庭有着遥远的血缘关系。尽管家道已经中落，这一家族背景在他心中依然举足轻重。他就像个被流放的国王，身边满是从废墟中抢救出来的遗迹，记录着他过去的尊贵荣耀。他和颜悦色地对待那些三教九流之徒——身世的巨变使他不得不同这些人来往——同时对他们应尽的礼数也毫不马虎，免得这些顽劣的家伙误把客气当福气，乱了规矩。

尽管奥古斯都时带着不屑的微笑提及他是爱德华一世的一个王子的后代，他的家族基业其实是由弗朗西斯·海尔创立的。弗朗西斯是一个聪明的教区牧师，并幸运地成为了罗伯特·沃波尔爵士在剑桥国王学院时的导师。我们知道，沃波尔的晋升归功于马尔波罗公爵夫人萨拉。可以推测也是通过她的影响，弗朗西斯·海尔被任命为低地国家军队的总随军牧师。在布兰海姆战役和拉姆利斯战役中他同那位伟大的将军①一起纵马驰骋。拥有这样有权势

---

① 指马尔波罗公爵，两场战役的指挥官。

的朋友，他的才华没有埋没也就毫不奇怪了。他先后成为了伍斯特大学校长和圣保罗大教堂主教；一直到他被任命为圣亚萨首任主教以及后来的奇切斯特主教后，他还一直保留着圣保罗大教堂主教这一薪酬丰厚的职位。他有过两次获利丰厚的婚姻。他的第一任妻子贝塞亚·奈勒为他生下一个儿子小弗朗西斯。小弗朗西斯后来继承了母亲的产业"赫斯特姆塞克斯"——一座庞大浪漫的城堡，还有一处体面的庄园。他后来把奈勒的姓氏加在了父亲的姓氏后。弗朗西斯的第二任妻子也是一笔丰厚产业的女继承人，并为他生下一个儿子罗伯特。作为他的受洗礼，罗伯特的教父罗伯特·沃波尔爵士赠与他格里夫森德港清扫员的干薪，一年四百英镑。这笔薪俸他一直领到去世。罗伯特爵士对老导师的儿子关照有加，建议他投身教职，这样自己可以更好的照料他的前程。罗伯特欣然领命，并在温彻斯特先安顿了生计，后谋得了教职。他的主教父亲是个谨慎的人，在罗伯特还很年轻时就早早地为他安排好了同一名女继承人的联姻——她的产业堪比主教自己的妻子。罗伯特的大哥死后无嗣，这位温彻斯特教士因而继承了赫斯特姆塞克斯城堡。主教一定对儿子的地位非常满意。

　　然而，主教的子孙们却似乎没有继承到多少他的世故练达。从此之后家族的财富就开始走下坡路了。败落的第一步是罗伯特教士的第二任妻子迈出的。她拆毁了城堡，拿走了地板、门板和壁炉架，在领地的另一处造了一座新豪宅，取名赫斯特姆塞克斯宅。教士的大儿子叫弗朗西斯·海尔-奈勒，也就是我们的主人公奥古斯都的爷爷。他是个脸蛋漂亮、不务正业的家伙，冒失机灵、出手阔绰，好像时不时地就会背上一笔债务，不得不靠出售他在赫斯特姆塞克斯庄园的产业来还债。丹佛郡伯爵夫人乔吉安娜对他青眼有加，把自己的表妹，圣亚萨主教乔那森·雪普里的女儿乔吉安娜介绍给了他。这一对人儿居然私奔了，他俩各自的家庭立即将他们"义愤填膺地逐出家门"。从此以后不论是圣亚萨主教还是温彻斯特教士都再也没有见到过他俩。他们跑到了国外，靠着伯爵夫人供给他们的一年两百英镑过活。两人生了四个儿子：弗朗西斯、奥古斯都、朱里斯和马库斯。等到乔吉安娜·雪普里的丈夫弗朗西斯·海尔-奈勒最终继承了父亲的财产后，他以六万英镑的价格卖掉了余下的祖传庄园。老弗朗西斯卒于1815年。他的大儿子弗朗西斯·海尔这时已不再拥有赫斯特姆塞克斯领地，因此放弃了奈勒的姓氏，继承了余下的家族产业，继续过着寻欢作乐的生活，直到他的财务状况迫使他移居欧洲大陆，就像很多那个年代的败家子一样。不过他手头显然还有钱烧，足够他一星期举办两次大型晚宴。他的圈子很上档次，其中德奥塞伯爵和布莱斯顿夫人、德萨特勋爵、布里斯特勋爵还有杜德利勋爵都算是他的密友。1828年他同银行家约翰·保罗爵士的女儿安妮成婚，并育有一个女儿和三个儿子。最小的儿子于1834年出生——他就是我们故事的主人公奥古斯都。

尽管赫斯特姆塞克斯庄园此时业已售出，海尔家族这时仍然保留着丰厚的圣禄。圣职的继承人是弗朗西斯·海尔-奈勒的小儿子，罗伯特·海尔教士。当时普遍认为，他的职位要由弗朗西斯·海尔的三兄弟之一，奥古斯都·海尔教士来继任。关于三兄弟中最年轻的一位——马库斯，我所知甚少，只听说他娶了埃尔德利的斯坦利勋爵的女儿，在托基有一处"宅第"，在赫斯特姆塞克斯教长府下榻时抱怨茶水总是没煮沸，最后就是他卒于1845年。朱里斯是三一学院会员，学识渊博。他和他的兄弟奥古斯都曾合著过一本叫《试问真理》的著作，当时曾一度受到善男信女们的推崇。罗伯特·海尔教士去世后，他的侄儿奥古斯都·海尔教士不愿离开自己任职的奥尔顿·巴恩斯教区，便劝说弟弟朱里斯代替自己接受赫斯特姆塞克斯的圣职。朱里斯很不情愿离开剑桥大学，可强烈的责任感不允许他坐视一件如此珍贵的家产白白流失，最终同意作出牺牲。他最后当上了刘易斯教区的执事长。

奥古斯都·海尔教士娶了斯托克-旁-托恩教区长奥斯瓦尔德·莱彻斯特的女儿玛丽亚。1834年他因健康原因前往罗马，结果卒于该地。我们的奥古斯都也恰好于这一年出生，他的名字也取自奥古斯都·海尔教士和他的教母奥古斯都·海尔太太。孩子的父母——弗朗西斯·海尔和安·海尔这时感到，既要以符合自己身份的方式生活，同时又要养家糊口实在是力不从心，因此末子的出生令他们非常烦恼。玛丽亚·海尔膝下无子。回到英格兰料理完亡夫的丧事后她忽然想到，也许弗朗西斯夫妇会同意将教子过继给她。她于是给嫂子写了封信，很快便收到了这样一封回复：

"我亲爱的玛丽亚，你真是太好了。没问题，孩子一断奶我们就把他送来。如果还有别人愿意领养孩子，请你记得我们这儿还有。"

于是这孩子便被顺水推舟地"送到了英国，随身带了一个绿色的小毛毡袋，里面装了两件白色的小睡衣和一条红色的珊瑚项链"。

玛丽亚·海尔的父亲奥斯瓦尔德·莱彻斯特教士出身于一个古老的家族，据说是征服者威廉的祖母、诺曼底公爵夫人圭纳拉的直系后裔。因此他同曼斯菲尔德庄园的伯特伦家族还有彭伯里的达西先生①处于同一阶层。奥斯瓦尔德·莱彻斯特教士是个虔诚的基督徒，但他对于一个英国绅士应有的礼数毫不含糊。他一定会赞同凯瑟琳·德·包尔夫人的观点：伊丽莎白·班纳特不是达西先生应该娶的女人。②赞美诗作者雷金纳德·赫伯，即后来的加尔

---

① 奥斯丁名著《曼斯菲尔德庄园》与《傲慢与偏见》中的世家。
② 《傲慢与偏见》中的情节。

各答主教此时是霍德奈教区长，离玛丽亚·莱彻斯特的家只有两英里远。玛丽亚和教区长夫妇交往甚密。雷金纳德有一个叫马丁·斯图的助理牧师。我们没有听到任何关于他祖先的事迹，因此可以断定他不是"出身名门"。玛丽亚同马丁两人坠入爱河，可她的父亲断然拒绝她同一个"区区乡村牧师"结合；而玛丽亚又是个顺从的女儿，不能没有父亲的首肯自作主张。雷金纳德被任命为加尔各答主教后，邀请马丁担任他在印度的礼拜堂牧师。马丁·斯图接受了这个职务，希望以此取悦奥斯瓦尔德·莱彻斯特大人，好让他同意自己和玛丽亚的婚事。他的希望是徒劳的。玛丽亚同马丁挥手告别，几个月后传来噩耗：斯图先生死于热病。奥古斯都·海尔教士是赫伯夫人的表亲，也是马丁·斯图的朋友。他一直是这对恋人的密友知己。每当他们需要一诉苦衷时奥古斯都总是乐于倾听。当得知马丁的死讯时，玛丽亚·莱彻斯特提笔给奥古斯都·海尔写了这样一封信：

"我不得不写下几行字句，尽管我知道这样做毫无必要——奥古斯都·海尔太了解我的感受了，毫无疑问已将我此刻的心情一览无余……我把你视为我的患难之友，与我共同承受我此刻的哀伤……我知道只要可能你一定会来我这里。待到相见时让我们共同哀伤。这将是对我莫大的安慰。"

于是他们见面了，此后还彼此通信。玛丽亚在日记里写道："不知不觉地"，她心中对奥古斯都的"尊敬和友情"渐渐"呈现出新的色彩"，"让位给某种更温暖的情谊所特有的温柔和美丽。"马丁·斯图死后两年，奥古斯都向玛丽亚求婚，她答应了。"依偎在奥古斯都的爱意中，"她再次在日记中写道，"我感到生活不再是一片空白。一切又呈现出新的亮丽色彩。"但直到一年后，她才得到父亲对这桩婚事的认可。可以推测，他之所以同意是出于为女儿的幸福着想——玛丽亚那年已经三十一岁了。在当时看来，姑娘到了这个年纪，借用华兹华斯先生略显尖刻的诗句，已经"在枝头渐渐枯萎"了。另一方面他也觉得，爱德华一世幼子的后裔——赫斯特姆塞克斯的海尔家族同诺曼底公爵夫人圭纳拉的后裔——托夫特的莱彻斯特家族之间的联姻确实是门当户对。而且奥古斯都的伯父罗伯特去世后，赫斯特姆塞克斯区丰厚的圣俸就会收入他的囊中，玛丽亚应该可以过上与她的贵妇出身相符的生活。尽管两个家族都真诚地相信，此生只是他们在通往天堂路上短暂停留的一个驿站，可话说回来，把这个临时居所安顿得尽可能舒适一些在他们看来也是理所当然的。

丈夫过世后玛丽亚·海尔在小叔朱里斯的赫斯特姆塞克斯家中住了几个月。后来她在附近选了一处叫"莱姆"的房子，在那里一住就是二十五年。在领养教子小奥古斯都时，玛丽亚一心想着要将他培养成一名圣职人员，将来接替朱里斯叔叔成为赫斯特姆塞克斯教区长。她从一开始就着手培育他的美德。奥古斯都只有十八个月大的时候她就在日记里写道："奥古斯都变得顺从多了，愿意把自己的食物和玩具给别人了。"奥古斯都的神学教育始终是她的心头大事。他还不到三岁就已经开始识字和学德语了。这时玛丽亚又尽心尽力地向他讲解三位一体的奥秘。他四岁时所有的玩具都被没收并塞进了阁楼里，好让他懂得生活中有比玩具更严肃的事。他没有同龄的玩伴。"莱姆"的大门附近住着一个穷苦的女人。玛丽亚经常前去探望她，接济她的生活，虔诚地劝导她接受自己的命运，把它看作是神的特殊赐福。那女人有一个小儿子，奥古斯都非常渴望和他一起玩儿。有一次他俩真的在一片秣草地上玩了起来。为此他受到了非常严厉的惩罚，从此以后再也不敢了。对海尔太太（过去是托夫特的莱彻斯特小姐）来说探望穷人不但是一种责任,也是爱的实践。但一个名门之子和一个工匠的儿子耍作一团,这是绝对不能接受的。

1839年三月十三日,她在日记中写道:"我的小奥古斯都长到五岁了。可他个性太强、自我中心、贪图享乐、占有欲强——我怀疑这些是他性格中的显著特征。愿上帝指引我明察洞悉,纠正他的罪恶倾向,帮助他脱离自我、造福他人。"

尽管玛丽亚费尽心机,奥古斯都有时还是调皮。这时他会被严令上楼"做准备"。我估计"做准备"的意思就是要他脱掉裤子,光着小屁股,等着妈妈把朱里斯叔叔从家里请来打屁股。打屁股用的是马鞭。海尔太太害怕孩子被惯坏,因此小奥古斯都是要什么偏不给什么。有一次她带着孩子去助理牧师的妻子家做客,有人给了小奥古斯都一根棒棒糖,被他吃下了肚。等他们一回家,玛丽亚就嗅出了他嘴里的薄荷味儿,便硬是用调羹给他喂下了一大勺大黄加苏打,好给他一个教训,将来不要放纵肉体的欲望。

这时玛丽亚·海尔结识了传教士弗兰德里克·毛瑞斯的两姐妹——普丽西拉和艾瑟。她们俩在雷丁办了一所小学,不过每年都会来"莱姆"住上一段时间。她们的信仰极度虔诚,甚至到了慑人的地步。她们的话在海尔太太耳中一言九鼎。由此产生的一个结果就是,海尔太太采取了更为严厉的措施来塑造奥古斯都的人格,期望他成为基督的一名称职的牧师。奥古斯都从小到大晚饭天天吃的都是烤羊肉和大米布丁。有一次玛丽亚告诉他今天晚饭会上一道非常美味的布丁。她说了又说,直说到奥古斯都口水直流。布丁端上来了,就在奥古斯都张开小嘴要享用自己的那份时,布丁却从他面前给抢走了。玛丽亚命令他站起身来,把布丁送给村里的一个穷人。玛丽亚·海尔在日记中写道:"我相信,只要晓之以理,奥古斯都就愿意去做正确的事。但他的个性却格外需要那种无条件

服从的品质。人的意志必须在上帝面前被驯服。"她还写道:"现在
看来,通过行不愿行之事,忍不愿忍之恶,他的自我克制和自我控制
或将与日俱增。这果真是项绝好的训练。"

海尔太太的这句话表达得不如以往清晰。我想她的意思是说,
如果奥古斯都(那时才五岁大)每天都被迫做些他不愿做的事,那
么他最终会心甘情愿的。

每年玛丽亚会带奥古斯都回她在斯托克的娘家一次。他们
坐着自家的马车,在客栈里过夜。即便在通了铁路后,他们依然
坐在马车里,只是把车放在火车车板上。后来他们终于坐进普
通车厢了,可玛丽亚依然安排马车在一个靠近伦敦的车站接他
们——她可不想让人知道她是坐着火车进伦敦的,那可就太不
体面了。

玛丽亚的继母莱彻斯特太太对奥古斯都严肃但慈祥。在家里
奥古斯都要是敢吵闹,立刻会受到惩罚。可在斯托克,莱彻斯特太
太会说:"别管孩子,玛丽亚。他只是在玩。"她知道自己作为一名
神职人员妻子的职责。她在村里的小学教书。每当需要教训学生
时,她就会从桌子上拿下一本书,抽向捣蛋鬼的耳朵,边打边说:"你
该不会以为我会拧你的耳朵,弄疼我的手指吧?"接着又说:"现在
我们可不能让另外一只耳朵嫉妒啊,"说完便干脆利落地抽向另一
只耳朵。每个星期天她都邀请助理牧师们来教区长府邸用午餐。
饭桌上他们不准说话。要是有人胆敢开口,定会碰一鼻子灰。吃完
冷牛肉后,他们被叫到莱彻斯特太太面前,一一陈述在过去的一周
里各自都做了什么。如果他们没能按她所说的去做,就会受到严厉
的斥责。所有人都只能从后门进来,除了伊格顿先生——只有他破
例被允许从前门进屋,因为他出身世家。当奥古斯都对年少的我讲
起这件事时,我不由大吃一惊。

"别犯傻了。"当我表达了对此的义愤后他对我说道。"这再自然不过了。伊格顿先生是布莱芝华勋爵的侄子,而其他人什么都不是。他们要是去摇正门门铃,那是非常不得体的。"

"你的意思是说,要是两个人恰好同时来到教长府,其中一个人可以迈步走向正门,而另一个人却只能去敲后门?"

"当然了。"

"我看不出这对伊格顿先生来说有什么光彩的。"

"你当然看不出来了,"奥古斯都尖刻地答道。"绅士①知道自己的地位。他只会理所当然地接受,不会去思前想后。"

莱彻斯特太太对女佣们的管教同样严格。一旦让她动怒,她会毫不犹豫地狠拧她们的耳朵。这在当时是习俗,因此女佣们也从不敢记恨在心。按照家规,家中每三周要换洗一次衣物,凌晨一点钟开工。精制的平纹细布衣服按规定由贴身侍女来洗——三点钟之前她们必须准时赶到洗衣房。如果有谁胆敢迟到,管家就会向莱彻斯特太太报告,她随即会给她 一顿痛斥。不过莱彻斯特人也有轻松的一面。玛丽亚·海尔认为读小说是宗罪,她每晚给双亲读的是斯特瑞兰德小姐的《英格兰女王》。《匹克威克外传》那时正以月刊的形式发表,莱彻斯特太太也成了读者。她躲在更衣室里读,房门紧闭,还让自己的侍女把风,防止有人闯入。每读完一篇,她就把书页撕碎扔进废纸篓里。

奥古斯都九岁时,海尔太太在毛瑞斯两小姐的坚持下把他送进了小学。那年暑假,在同往年一样回了赵斯托克的娘家后,玛丽亚又带着奥古斯都游览了英格兰的湖区。朱里斯叔叔陪他们一同前

---

① 维多利亚时代的绅士标准是指家庭出身,尤其是贵族出身,这和现在"彬彬有礼"的绅士标准并不一样。

往。玛丽亚想到艾瑟·毛瑞斯平日在雷丁工作辛劳，理应放松一下，所以也邀请了她。事实证明这是个危险的善意举动。就在这次旅途中朱里斯·海尔向艾瑟·毛瑞斯求婚，而她也答应了。当听说了两人订婚的消息后，玛丽亚·海尔流下了苦涩的泪水。艾瑟也流下了苦涩的泪水，朱里斯则"整日悲啜哭泣"。自从丈夫过世后，朱里斯一直陪伴着玛丽亚。每天他都晚上六点来"莱姆"吃晚饭，八点钟起身告辞；而玛丽亚也经常在下午驱车前往教长府做客。朱里斯遇到的"每一个问题都向她请教；如果哪天不见，生活就是一片空白"。毫无疑问，尽管《祈祷书》和英格兰的法律禁止她对朱里斯怀有更深的温情，可她也绝没有超凡脱俗到能够热烈欢迎另一个女人成为赫斯特姆塞克斯府女主人的程度——况且那个女人还受惠于她。可不管这件事如何令她从情感上厌恶，玛丽亚还有一个更严肃的反对理由。老毛瑞斯先生是个学者，是个牧师，但他不是出身名门；而毛瑞斯家两小姐尽管品德高尚，行为磊落，可她们的言谈举止却并不是玛丽亚所惯于接受的。她们不是贵妇出身。马丁·斯图也许也不算出身名门，可她亲爱的奥古斯都第一个承认了他品格的高贵与卓越。她爱他，但她也接受了父亲决定——他不适合成为她的丈夫。

　　婚礼还是举行了。朱里斯·海尔太太——现在成了小奥古斯都的艾瑟婶婶——是个无比虔诚的女人，个性专断跋扈。"快乐在她看来是宗罪；如果她对某人的情感使她偏离了那条布满荆棘的自我牺牲之路，她就把那份情感从心中连根拔去。"对于那些接受了她的绝对权威的可怜人，她仁慈、大度、体贴；"对于丈夫，她则心无旁骛——她那严苛的道德准则要求她对丈夫毫无保留地服从，就像她要求其他人毫无保留地服从自己一样"。为了完善小奥古斯都的灵魂，她开始了对他的驯服。她决心不让她和朱里斯的婚姻对两个家庭的生活习惯产生任何影响。既然过去朱里斯每天都在"莱姆"吃晚饭，她因而坚持玛丽亚和奥古斯都现在应该每天来教长府吃晚饭。到了冬天母子俩晚饭后常常没法回家，只好在教长府过夜。奥古斯都体质虚弱，生了很重的冻疮，手脚都裂开了大口子。可艾瑟婶婶偏把他放在一间潮湿的房间里，里面空空如也，只有一条松木搁凳、一席草荐和一条毯子。她还不许仆人给他热水。早上小奥古斯都必须用铜烛台打破水罐里的浮冰；如果铜烛台也被收走了，那就只能用他冻伤的小手。同样还是为了完善他的灵魂，尽管德国泡菜的味道让他作呕，艾瑟婶婶偏偏强迫他吃。星期天的日子稍稍好过些。玛丽亚·海尔因为要履行神职不能去教长府，可艾瑟婶婶担心她溺爱奥古斯都，便说服她在礼拜式的间隔时间里把奥古斯都锁进法衣室，只给他一个三明治作晚餐。奥古斯都养了一只猫，对它难舍难分。艾瑟婶婶发现后坚持要他把猫交出来。奥古斯都哭了，可玛丽亚说他必须学会放弃自我，把快乐让给别人。他噙着泪水把猫咪送去了教长府，艾瑟婶婶随即让人把它吊死了。

　　我们几乎无法想象一个内心虔诚、敬畏上帝的女人怎么能以如此非人的方式对待一个只有十二岁的孩子。我想她的行为动机中除了要培养奥古斯都的美德与自我牺牲精神外，是否也间或夹杂着另一种欲望，一种她自己也未必意识到的欲望：她想要给深爱着他的养母一个教训。玛丽亚·海尔对艾瑟·毛瑞斯一直很好。但她的举手投足间难道就不曾有过几分暗示，提醒她那卑微的朋友：自己是她的恩主，在她——托夫特的玛丽亚、赫斯特姆塞克斯的海尔遗孀，和这个人品高尚但出身低微的姑娘之间存在着一道巨大的鸿沟？就像和她处境相似的夏洛蒂·勃朗特①做家庭女教师时一样，

---

① 蜚声文坛的"勃朗特三姐妹"的大姐，名著《简·爱》的作者。

艾瑟·毛瑞斯会不会把单纯的善意当侮辱,处处捕风捉影地以为,在玛丽亚·海尔的心目中自己依然低她一等?等到她成为了朱里斯·海尔太太后,她难道就从未想过,活该让亲爱的玛丽亚吃点苦头吗?而玛丽亚也确实吃足了苦头。她坦然接受了自己面对奥古斯都遭受折磨时的痛苦,把这看作是孩子需要经受的一场历练,而她只有耐心地忍受。

我打算跳过奥古斯都生命中接下来的几年。他刚一离开小学就去了哈罗公学,却因为健康原因在那里只呆了一年,就不得不寄宿在导师家里,直到他够了上剑桥的年龄。1857年他取得了学位,开始了生活的主要内容:画水彩画、游山玩水、混迹于上流社会。他七岁时就画下了第一幅景物素描。玛丽亚·海尔的绘画很好。她实在看不出画画能有什么危害,所以一直培养奥古斯都在这方面的兴趣,给了他很多有益的指点。她会认真观察奥古斯都的某幅作品,然后问道:"这根线条有什么意义?""喔,我觉得它看上去不错。""如果你不清楚它的确切意图,那就立刻把它拿掉。"这个意见很正确。玛丽亚·海尔鄙视颜料,因此奥古斯都只能用铅笔和乌贼墨作画,直到他成人后玛丽亚才允许他画水彩画。他画过无数的素描。赫尔姆赫斯特的墙壁上挂满了他装在精美画框里的得意之作。除了这些,他还有整本整本的画集。因为时间隔得太久,我现在没法判断他作品的价值。多年以后玛丽亚·海尔曾把他的画拿到罗斯金面前。罗斯金认真审视了一番,最后指着一幅画作说,这是在一堆极其糟糕的作品中最不那么糟糕的一幅。奥古斯都对于风景很有鉴赏力,因此当我回顾过去时我怀疑这位鉴赏家恐怕过分苛酷了。奥古斯都的画作都是十九世纪中叶的风格。如果今天人们还能看到这些作品的话,或许会发现它们反倒具有了某种时代的魅力。

III

奥古斯都只有十四岁时,寄宿在林康的导师家中。那时他就已经不知疲倦地爱上了旅游。为了游览一座古宅或一处华丽的教堂,他常常一天步行二十五英里。为了避免他误入歧途,海尔太太把他送回导师家中时只给了他五个先令,可他依然继续远游,口袋里甚至一个买面包的子儿也没有。许多次他瘫在路边,饿得发晕,毫不犹豫地接受路过的"普通工人"递给他的食物。不过不管是他画风景画时的欣喜还是他对旅游的热情,对他来说都比不上进入社交圈重要。在这方面他有天然优势。通过亲生父母他和许多贵族和乡绅家庭有血缘关系,再加上养母的关系这个清单就更长了。不管这种亲缘关系有多远,他依然认为他们是自己的堂表亲。

玛丽亚·海尔多年来身体虚弱,医生建议她搬到一个比赫斯特姆塞克斯气候温和的地方去。之前她曾带着奥古斯都去欧洲大陆做过短途旅行。奥古斯都从剑桥毕业后不久,他们决定这次要长期旅居海外了。海尔太太还带上了自己的侍女和男仆,以便得到体面的照料。朱里斯·海尔已经在两年前去世——他的亲属为之哀痛,他的教民则为之庆幸。玛丽亚·海尔出国后把"莱姆"租给他的遗孀。母子俩慢悠悠地游历大陆,坐着马车(这是当然的)穿过瑞士和意大利,一路上游览名胜古迹,画了许多素描。他们宽敞的马车里装满了书籍,旅途中读了"整套的阿诺德、吉本、兰克与米尔曼的著作"。这在我看来真是件了不得的壮举。一到罗马他们就在波波洛广场租了一套公寓。奥古斯都的生父几年前已经去世。他的遗孀——奥古斯都管她叫"意妈",就是意大利妈妈的缩写——和女儿爱丝美拉达一起住在罗马。他的两个儿子弗朗西斯和罗伯特,也就是奥古斯都的亲哥哥们,一个在近卫军中服役,另一个是警察。

奥古斯都同他们来往稀疏，感情淡薄，所以我在这里只需简单地说，他们的生活方式同父亲一样大手大脚，而口袋里的钱却比父亲还要少。两人死时都一文不名。弗朗西斯还做了件让家人非常愤怒的事：他娶了一个"他熟识多年的女人"。我猜测这其实是奥古斯都在婉转地表达那女人是他的情妇。在他的自传中奥古斯都只用了一个脚注来打发她："弗朗西斯娶的这个女人在他生命中的最后几个月里消失在了一片混沌中，恰似她出现时那样。"

奥古斯都很少见到他的生母，而她也一向对他不闻不问。不过现在两人的关系亲密多了。她和她的女儿时常出入罗马的顶级社交圈，只要玛丽亚·海尔同意，她也常把奥古斯都带上。他因而见到的王子和公主、公爵和公爵夫人能开出一个长长的清单。"意妈"乐意见到奥古斯都的频率显然超出了玛丽亚认可的范围。有时他约好了同"意妈"见面，玛丽亚却偏要他陪着自己。看来即便是这个圣徒般的女人也不能完全抵抗嫉妒的邪恶力量。

玛丽亚·海尔和奥古斯都在国外游历了十八个月。她们原本打算再逗留些时日，但海尔太太开始怀疑她的养子有倒向罗马天主教的迹象。尽管他这时生了病，医生警告说他无法忍受英国冬季的严寒，玛丽亚还是坚持把他带回那个信仰坚定的新教国度。她认为奥古斯都灵魂遭受的危险胜过他身体上的危险。她完全清楚奥古斯都是多么流连于那些不时穿过罗马街道的宗教队列，多么欣赏大主教们披着红袍坐着马车的威仪，还有那些华美的天主教仪式，以及这座依然奉教皇为尘世君主的"永恒之城"的光辉，所有这些都令他心生仰慕。她太了解奥古斯都了，不由地担心他的轻浮。一天她对奥古斯都说，她一生中从未见到过比他还会享受的人了。她的话里没有斥责，有的只是一种下意识的隐隐担忧：这样一种生活态度是危险的。

当时英国恰逢一股天主教回潮的风气,其中纽曼和曼宁的例子最为出名。许多名声不及他们的人也纷纷追随他们的脚步,其中不乏社会地位还在他们之上的。这股风气给许多家庭都带来了裂痕。"意妈"和爱丝美拉达都成了天主教徒。不过公平起见,我需要指出"意妈"曾试图劝阻女儿投向天主教,因为她的祖母安妮·辛普森夫人对孙女抱有期望,一旦得知她改投教廷一定会剥夺她的继承权。奥古斯都的外祖父约翰·保罗爵士在女儿入了罗马天主教后就把她逐出家门,发誓再不与她相见。当玛丽亚自己的侄女,诺威奇主教的女儿玛丽·斯坦利也叛离了新教祖辈们的信仰时,她不能不为她亲爱的奥古斯都担心。

读者们一定还记得,从奥古斯都幼年起玛丽亚就一心要让他成为教士。也正因为如此,玛丽亚才如此严格地培养他,教导他牺牲自己为他人,没收了他的玩具;正因为此艾瑟婶婶登上舞台后才坚持要他习惯困苦与贫穷,要他明白快乐是魔鬼的罗网,必须时刻回避。尽管海尔家族这时已丧失了领地和大部分的财富,可他们依然掌握着丰厚的赫斯特姆塞克斯圣禄。作为弗朗西斯·海尔的幼子,奥古斯都将来有权继承这一圣职。不幸的是奥古斯都的长兄由于经济拮据这时已经卖掉了圣职授予权。这样一来玛丽亚·海尔就再也看不到她的养子住进那座充满了美好回忆的教长府了。可这并不能动摇让奥古斯都成为牧师的决心。为了这一目标他已作了充分的准备。他的家族传统和亲缘关系都注定着他应该选择成为一名出身名门的神职人员,这将是一条有益又有利的道路。家族财富的缔造者除了担任圣保罗教堂主持外还身兼两个主教职位,奥古斯都的一个爷爷曾是圣亚萨主教,另一个爷爷是温彻斯特教士;他的两个叔叔也入了圣职;玛丽亚的姐夫爱德华·斯坦利曾担任诺威奇主教,而他的儿子亚瑟·斯坦利也已成为坎特伯雷的一名教士。

假以时日，毫无疑问他会登上更为尊贵的位置。他后来的确当上了威斯敏斯特主教，娶了奥古斯都·布鲁斯小姐为妻，并最终成为维多利亚女王的一名密友。在这条道路上同行的还有斯特拉斯摩尔家族，雷文华斯家族，埃尔德利的斯坦利家族等等。坐拥如此丰富的社会关系，奥古斯都一定能在这条路上占得先机。一人身兼数个神职的美好时光已然是明日黄花，但凭着自身的能力和众多位高权重的亲属提携，奥古斯都没有理由不在这条路上出人头地。

因此，当奥古斯都在意大利告知玛丽亚·海尔他不希望被授予神职时——我们可以想象他当时有多紧张——这对玛丽亚来说该是怎样的一道晴空霹雳。从任何角度来看——不论是世俗的还是宗教的——奥古斯都的想法不但愚蠢而且不知好歹。玛丽亚流下了苦涩的泪水。可她是个真诚的基督徒。当奥古斯都亲口告诉她自己不适合担任神职时，她又能做什么呢？她全心全意地爱着奥古斯都，因此她尽管心碎，但依然默认了他的决定。不过等他们一回到英国把这一决定告知了其他家族成员后，家里顿时是群情激愤。家人们要求奥古斯都说出拒绝神职的理由——可他也给不出一个让人满意的答复，只是说他志不在此。艾瑟婶婶认为如果真是这样，那玛丽亚反倒应当加倍坚持。他的新教信念是不是发生了动摇？没有。他从意大利返回时依然是个真正的新教徒，就像他出国前一样。显然，如果他依然固执己见，那就说明他想碌碌无为地过完自我放纵的一生。

事实其实非常简单：奥古斯都对宗教厌烦透了。他厌倦了每个礼拜日不得不参加两个礼拜式，厌倦了朱里斯叔叔成篇累牍，天书一般的布道，厌倦了玛丽亚·海尔和她的亲友们那些关于信仰力量的玄谈。他怨恨毛瑞斯家女眷们的宗教狂热，对于以灵魂得救为名而不得不长期忍受的严苛对待有着切肤之痛。我认识奥古斯都时他星期天已经不上教堂了。他沿袭着举行家庭祷告的仪式，但那只是一个社交姿态，符合一个古老世家的绅士体面。

接下来的问题是，奥古斯都究竟该做什么。他试图在大英博物馆的图书馆谋一个书记职位，但没有成功。最后通过亚瑟·斯坦利的鼎力相助，终于约翰·穆雷委托他写一本《伯克郡、巴克郡和牛津郡旅游指南》。这个工作太适合他了，因为这样一来他不但能四处周游，而且还能结识到他感兴趣的人。事实上他也确实因此结交了许多心仪的人物，发现了许多新"表亲"，住进了许多幢豪宅。大概就在这时玛丽亚变卖了"莱姆"，搬进了"赫姆赫斯特"。从此奥古斯都终生都在那里度过。奥古斯都的那本旅游指南大受欢迎，约翰·穆雷因此委托他再写一本相同类型的书，这次的主题由他选择。奥古斯都选中了诺森伯兰和达勒姆——他的创作之路由此开始。他写了长长一个系列的旅游指南，奥古斯都·海尔的大名由此而为至少两代欧洲观光客所熟知。他的写作编排很有创意——大段的引经据典穿插在实用的旅游信息之间。引文的来源包括新约圣经、教会众神父、历史学家、艺术评论家和诗人。当诚心的游客在他的指南中看到来自维吉尔、贺拉斯、奥维德、苏埃托尼乌斯，甚至是一本生僻著作的引文时，他的自尊心一定会得到极大的满足。

不过奥古斯都旁征博引的习惯有时也会给他带来麻烦。在他的一本叫《中北意大利城市》的指南中，他大部分的引文都出自历史学家弗里曼，而且没有事先征得他的同意。弗里曼立刻指责奥古斯都的行为是厚颜无耻，彻头彻尾的剽窃。奥古斯都很伤心。在他看来弗里曼的价值由于其"古板啰嗦的行文风格"而被人忽视了，而他通过摘录弗里曼的文章，试图引起人们对他的关注，这其实是在帮他的忙。"毋须赘言，"奥古斯都在他对此事的评述中加了一个注脚，"发生此事后我以最快的速度删去了所有对弗里曼先生作品的引用部分。"他先前刚刚把这位历史学家从默默无闻中解救出来，只此一举便再度将他打回默默无闻之中。对此他相当满意。同样是关于这本指南，刊登在《阅览》杂志上的一篇文章用奥古斯都的话来说是"最为恶毒，最具侮辱性的"。文中指责他抄袭莫雷的《旅游指南》且未注明出处，还引用了两本书中出现同样奇特错误的段落作为证据。事实上奥古斯都确实是这么干的。尽管如此，他的旅游指南依然大受欢迎。到了十九世纪末，他的《漫步罗马》已经出了十五版，《佛罗伦萨和威尼斯》出了五版，《漫步伦敦》和《漫游西班牙》出了六版。他写过关于西班牙、荷兰和斯堪的纳维亚半岛的书，不过他对这些地方的了解很肤浅。可他对意大利和法国的了解在当时几乎无人能及，直到今天依然如此。

22　　在接下来的十年里玛丽亚和奥古斯都·海尔在法国和意大利度过了许多时光。玛丽亚经常生病，奥古斯都总是全心全意地照顾她。在她健康尚可的时候奥古斯都则混迹于上流社会，举办聚会邀请出身良好的女士们一同画水彩，并引领她们游览罗马，对参观对象的艺术价值和历史渊源一一点评。这时站在一群充满景仰的女士中间他俨然是人群的焦点。

　　"意妈"由于父亲的银行破产，经济状况大受影响。而她的私人律师又侵吞了她余下的财产。她死于 1864 年。她的女儿爱丝美拉达死于四年后；玛丽亚·海尔死于 1870 年。玛丽亚去世后奥古斯都的经济状况曾一度非常窘迫。他和养母的关系是如此亲密，以至于玛丽亚根本无法想象奥古斯都在她身后独自徘徊人世的情形；因此，用奥古斯都的话来说，她没有为他的未来生计做出通常的安排。一时间似乎奥古斯都除了"赫姆赫斯特"和一年六十英镑的生活费之外将一无所有。他没有解释事情后来是怎么安排的，不过他最终似乎还是继承了玛丽亚的遗产。他愤愤地抱怨自己不得不为继承到的每一笔财产都支付百分之十的遗产税,因为他不是法定继承人。奥古斯都对自己的收入总是三缄其口,因此我对此无从知晓;不过他的经济状况显然足够他把赫姆赫斯特装点出几分气派,还可以频繁地呼朋引客,尽兴游览任何游兴所至之处。除此之外,他至少还有足够的闲钱可以时不时地撒进某个天方夜谭般的投资黑洞里。他不把自己看作一名职业作家,而是以士绅自居——他写作的动机完全是为了无私地帮助游客更好地欣赏自然和艺术之美。他自费出版自己的作品,同时这些书也一定给他带来了非常可观的收入。

玛丽亚·海尔死后,奥古斯都的生活一直遵循着某种规律。为了写旅游手册,奥古斯都经常出国。回到英国时,他常在"赫姆赫斯特"接待络绎不绝的宾客,有时也去拜访其他乡村宅第。在伦敦时他在哲曼大街有一间居室。早上他去雅典娜俱乐部用早餐,天天都坐同一张桌子;整个上午他都在俱乐部的图书馆工作,直到中午外出午餐。下午他拜访朋友,出席茶会或酒会;晚上他出门赴晚宴。他某天的日记中出现了这样一句话,给人一种不祥的感觉:"五月十五日。在肮脏但亮丽的圣巴塞罗缪举办绘画聚会。这是今年来头一次没人请我赴晚宴。我感到极度无聊。"奥古斯都一生未婚。他的自传中出现过一句神秘的话,似乎暗示他曾经一度考虑过婚姻。"今年(1864年)我有过一次强烈的愿望,想要做一件和我对母亲的心无旁骛所不相符的事。因此我打消了这个念头,以及随之而来的希望。"如果这句话的意思和我理解的一致,那么我可以肯定地推测他的情感对象是一个社会关系良好,家产殷实的年轻女子。但毫无疑问奥古斯都在经济上依赖着玛丽亚·海尔。尽管没有理由认为奥古斯都所说的并非他打消结婚念头的真实原因,但他不可能没有意识到如果他的婚姻没有得到玛丽亚的首肯,那她完全可以切断他的经济来源,一个子儿也不给他。这也是他的家族传统。而且我觉得奥古斯都也不是个充满激情的人。他曾经告诉我,他直到三十五岁才有过第一次性经历。每到这时他就会在当天日记上划一个黑十字作标记,大概每三个月一次。不过在这种事情上大多数男人都会吹牛。因此我怀疑他为了在我面前炫耀,故意夸大了这种事情的频率。

海尔太太生命的最后几个月里,奥古斯都同她谈起过为她写一本书的打算,书名就叫《纪念平静的一生》。玛丽亚最初嘲笑这个想法。不过考虑了一两天后她说,如果他认为自己在上帝指引下简单的一生能够给其他人带来帮助,那她只有满足他的愿望。她给了奥古斯都很多可能对他有帮助的日记和信件,并对其他材料的编排进行了指点。奥古斯都立刻开始动笔,并在玛丽亚去世前向她读了最初的几章。他在玛丽亚去世后的那个冬天里闭门谢客,直到完成该书。他的表亲们——尤其是斯坦利家族——在发现了他的举动后非常愤怒。他们甚至威胁,如果奥古斯都胆敢发表任何玛丽亚的姊妹斯坦利太太的信件,他们就要采取法律行动。亚瑟·斯坦利——这时已经当上了威斯敏斯特主教——甚至说服了约翰·穆雷,让他向奥古斯都的出版商施加压力,试图阻止他出版这本书。可书最终还是发行了,而且仅仅过了三天就要求再版。事实上该书在美国和英国都大获成功。"朝圣者"甚至从美国赶来参观奥古斯都笔下的各处场景。一次他在午宴上遇到了卡莱尔。后者对他说:"我很少哭泣,也不常落泪。但您的书真是催人泪下。当我读到亲爱的奥古斯都(玛丽亚的丈夫)把握时机俘获芳心时,我的心灵深处顿如醍醐灌顶。"

那个能动情地读完奥古斯都这厚厚两大卷传记的世界已经不复存在了。就我来说这本书似乎很乏味。书里当然少不了大量关于海尔家族和莱彻斯特家族的内容。这两个家族的成员热衷于互通书信，信的长度往往非常惊人。你不能不惊叹他们读信时的耐心。每当遇到亲友离世，这些人彼此通信中那些衷心的慰问，那些赤诚的劝诫是如此地工于词藻，你简直无法相信他们的诚意。可话说回来，我们不能用这一代人的标准来评判上一代人的情感。在他们的脑海中上帝无时不在，他们的话题常常触及"来世"。不过奥古斯都有时不怀好意地写到，尽管他们年轻时大谈多么向往"天国的圣临"，可他们年纪越大反倒越不热心于此了。"天国最终会降临的，这就已经够了。"

《纪念平静的一生》所获得的巨大成功鼓舞了奥古斯都继续创作同类作品。他随后又出版了《弗兰斯家族的生活与书信》、《本生伯爵夫人》、《两个高贵人生的故事》、《厄尔汉姆的戈涅家族》，以及其他几部作品。《两个高贵人生的故事》的主人公是沃特福德夫人路易萨和坎宁夫人夏洛蒂。直到今天这本书的可读性依然不错。关于这两位女士的父亲斯图亚特·德·罗塞勋爵在1815年至1830年期间出任驻巴黎大使的那几个章节确实是非常有趣。奥古斯都在为莫雷的《达勒姆及诺森伯兰旅游指南》收集素材期间结识了沃特福德夫人。自那以后他每年都去拜访夫人一次，先是在福德，后来在海-克里夫。这对奥古斯都来说并不是个例。很显然他是许多豪宅敞门欢迎的客人。几乎所有地方年年都会对他发出邀请。他于是参观了一座又一座城堡，游览了一座又一座花园，拜访了一座又一座厅堂。奥古斯都不是人们所说的那种男中骄子。他不会射击，不会钓鱼，不会打猎。尽管他有几个同龄的男性朋友——主要是他在牛津的老相识和几个宗教观同他相投的人——同他关系最融洽的多是老人。他们喜欢奥古斯都面对他们的豪宅和陈设时的那股热忱。不过，有时他的这种热忱也会遭受超限度的严峻考验。

有一次他前去艾略特港拜会。主人在车站接下他后马不停蹄地领着他参观房里的每一幅画,花园里的每一株植物,树林里的每一条小道。"在客人面前的展示也应该有个限度",奥古斯都在日记中尖刻地写道。"可艾略特勋爵从来没有意识到这点。"

只有在女士们面前奥古斯都才最为如鱼得水。她们喜欢和奥古斯都一同素描;奥古斯都面对当地名胜古迹时的那份热忱也让她们很是自豪,因此都很乐意天天驾车带着他拜访临近的豪宅、精美的教堂或是罗马的遗迹。在那些日子里,留声机和收音机还远未问世。那时的绅士们在活动了一天后回到家中;午茶过后女士们退回房间休息,直到正餐时间再整装下楼;奥古斯都也回到卧室写他的日记。晚餐后和上床前的这段时间则留给了音乐和交谈。奥古斯都向众人展示他的素描,而其他趣味相投的人也会展示他们的作品。任何有点嗓子的人都会被要求献艺。也就是在这时奥古斯都开始大放异彩——他是个出了名的故事大师。当他还是个孩子时奥古斯都就在哈罗发现了自己的天赋。他从早年起就开始用心搜集故事素材,记在日记本里。其中的很多段子都是鬼故事,因为他访问过的那些古宅几乎个个里面都住着一只鬼。它们不是惊吓那些不幸住进闹鬼房的客人,就是宣布家族中某个成员的死期。这些鬼的行为方式似乎非常缺乏创意,它们的举动简直有些乏味。不过,奥古斯都讲起故事来是绘声绘色。每当人们问起他是否相信这些故事时,他总是回答他对此确信无疑。听众们此时会不由得打个冷战。不过奥古斯都的库存远远不止鬼故事。他还能讲心灵感应,超能感知,预知未来,还有那些关于意大利和西班牙贵族的耸人听闻的传说。他的故事确实很能制造惊悚效果,他也很下力气磨砺这一特长。事实上这是他最重要的社交财富。奥古斯都说起他在"拉比"做客时,每次他逃回房间,总有一个仆人过来敲门:"阁下们希望您能再下楼来。""永远,"他补充道,"出于对故事的无尽渴望。"他的名声达到了这样的高度,以至于有一次在荷兰宫特意安排了一场聚会,请他为路易萨公主讲故事,因为"公主殿下愿意屈尊聆听"。

奥古斯都出入的门庭大都属于那些心存高洁之士。他们的交谈时常涉及宗教话题。对于这些问题奥古斯都从小在家就已耳熟能详,自然是侃侃而谈。不过有时候,主人家对宗教的态度在他看来过于严肃了。比如有一次,他在乔治·莱德尔家做客时,发现星期天是个"严肃的日子"。这一整天都用作上教堂,读祷文,在家听长篇大论的布道。即便是在平日,这家人在早祷过后还必须一篇接一篇地读完当日的旧约《诗篇》和《经书》才准出门。

奥古斯都不太和文人交往。我想他对文人的兴趣仅限于他们偶尔会给他提供点故事素材,供他在午宴和晚宴上娱乐众人。玛丽亚·海尔有一次带他拜访了华兹华斯,后者"动人地"为他们朗读了几首自己的诗。奥古斯都说那位诗人对自己和自己的诗大谈特谈。"我感觉他并不虚荣,但却自负。"这两者之间的差别很微妙。我想奥古斯都的意思一定是说,华兹华斯对自身的评价过高,却丝毫不在意别人对他的看法。我们对虚荣总是比对自负更宽容——因为虚荣的人对于我们的评价很敏感,从而满足了我们的自尊心;而自负的人却对此满不在乎,结果伤害了我们的自尊。

还有一次格里维尔太太带奥古斯都拜访了丁尼生:"丁尼生看上去比我想象的要老,这反倒淡化了他那不修边幅的外表。他的举止唐突粗鲁,给人一种彻头彻尾的生硬、缺乏诗意的感觉:你会觉得生活的乏味平凡在这个人身上留下了深深的烙印。"丁尼生还坚持要求奥古斯都为他讲几个故事。不过"他是个极其糟糕的听众,总是用问题打断我"。"总的来说,"奥古斯都补充道,"这位率性的诗人给我留下了一个不错的印象。面对如此之多的赞誉,他的表现非常谦逊……"他还在卡瑟顿夫人家遇见了"勃朗宁先生",可他并没有给奥古斯都留下深刻的印象,尽管后者在评价他时,也许是出于赞许,引用了洛克哈特的话:"我很喜欢罗伯特,就因为他不是个死杆的文人。"卡莱尔在奥古斯都幼时曾到赫斯特姆塞克斯教长府做客,"他在那里不是很受欢迎。"还有一阵子奥古斯都时常在伦敦见到他,不过那段时期和我无关。有一次艾什伯顿夫人带奥古斯都去谢内罗看这位"切尔西的智者"。"他不停地抱怨自己的健康状况,为此坐立不安。他还说他能想到的对魔鬼最严厉的惩罚就是把自己的胃换给他,直到永远。"还有一次,在艾什伯顿夫人家,卡莱尔"谈起话来滔滔不绝,堆砌起形容词来是深不见底,让人根本没法跟上他的话。有时连他自己都被弄糊涂了"。奥古斯都还曾在德坤尼夫人家遇见过奥斯卡·王尔德。"他刻意地想要语出惊人,可夫人只轻轻一句话就把他惊得目瞪口呆:'你这可怜的傻孩子,都胡言乱语些什么呀!'还有一次他的朋友在一座乡间宅第见到了王尔德,他看上去非常苍白。'您恐怕病了,王尔德先生。'一位客人说。'不,我没病,只是累了。'他答道。'事实上,昨天我在树林里采了一株报春花。它病得厉害,我不得不整夜地照看它。'"

奥古斯都同文人们的交往也就这些了。他年轻时曾一度为众议院发言人丹尼森折服。他们俩曾一同在温顿城堡做客,奥古斯都钦佩他"取之不尽,令人愉悦的轻松闲谈"。他意识到了这项社交技能的重要性。我不知道奥古斯都是不是刻意地培养自己在这方面的能力,但根据回忆我可以断定答案是肯定的。如果他在伦敦真的每晚都能收到晚宴邀请,那是因为他的贡献让主人们的饭钱物有所值。他既能很好地聆听,也能很好地交谈。我想读者可以通过奥古斯都所讲的一个例子来了解当时人们崇尚的是哪种类型的口才。银行家诗人罗杰斯很健谈。当时有个脸皮厚厚的年轻人，名叫莫克顿·米尔尼斯，人称"酷夜"，也很健谈。"每次米尔尼斯一开口，罗杰斯就狠狠地瞪着他说：'噢，你也想来露一手吗？'然后面向其他宾客宣布：'我要找帽子去了。下面请米尔尼斯先生来给大家献艺。'"不过等到奥古斯都认识这个脸皮厚厚的年轻人时，他已经成了霍顿勋爵。奥古斯都同他过往甚密，"尽管这位勋爵极度虚荣。"但他有时也不能不哀叹霍顿勋爵喜欢"招待一群三教九流，无足轻重的人"。有一次他请奥古斯都参加一个聚会，"里面几乎除了作家，没有别人，真是一群奇怪的组合——有小说家布莱克、耶茨、詹姆斯；有诗人弗朗西斯·道尔爵士和史文朋；有那位充满异国情调的女诗人辛莱顿太太（即维奥莱·费恩），浑身钻光闪闪；有马洛克，刚刚因为写了一篇叫《新共和国》的俏皮杂文，一夜之间成了勇士；还有朱利亚·沃德·豪太太和她的女儿。"这些人可不是奥古斯都惯于交往的。

霍顿勋爵的故事取之不尽。他还有题材丰富，妙趣横生的"轻谈"话资。奥古斯都不和他比赛确实是聪明之举。不过当他面对宴席上那些无足轻重却又想在重要人物面前争抢风头的人时，奥古斯都可是毫不客气。他经常在社交圈里很不情愿地遇到亚伯拉罕·海沃。奥古斯都只用了两个注脚打发他："他总能收到那些敬畏他的人的邀请，聚会上一心想要成为人们侧耳聆听的对象，一般也总能说出些有点水平的话来。"但这些话对奥古斯都的笔来说不值一提。在另一个注脚中奥古斯都写道，海沃"据档案记载，早年是个名不见经传的乡村律师。他似乎总是把以文化人的身份混迹于贵族圈当作生活的最高价值。在这一点上他做得非常成功。他总是机智幽默，无所不知，话中带刺，而且往往很粗俗。"

IV

奥古斯都的事业在一个机会中达到了巅峰。这件事和他创作本森伯爵夫人回忆录有关。就在这本书将要完成之际，奥古斯都前往德国拜访伯爵夫人的两个未婚女儿，沿途在夫人的密友维德公主殿下的住所逗留了一段时日。在那里他遇见了公主的姐姐瑞典王后。王后对奥古斯都说，她真心把他当作朋友，因为《纪念平静的一生》对她是莫大的安慰，她无论走到哪里都会带上它。那年冬天王后正打算把王储送到罗马去"熟悉他的圈子"，因此希望奥古斯都能陪王储同行。她还邀请奥古斯都来瑞典拜会她。不久之后他欣然从命。他给国王留下了深刻的印象，众人随即决定在王储逗留"永恒之城"期间，奥古斯都应该担当他的向导和导师。王后请求他在她年幼的儿子心中撒下些善良的小种子，国王则谈起他应当拜访的人物和地点。就这样奥古斯都在冬季来到了罗马。他一天拜谒王子两次，引领他参观重要的名胜古迹。奥古斯都还格外用心地确保他结识符合他身份的人。他陪王子一起朗读英语，并在各处景点向包括王子和宫廷司仪霍特曼男爵在内的一群显赫要人做解说。在冬季临近尾声之际奥古斯都信心满满地写道："回顾这个冬天，我百分百地确信我来对了。王子离开罗马时，和我初次见到他时相比简直变了个样，性格强健了许多；不管是他的个性还是他的英语和法语（他之前还不会说法语）都有了长足的进步。他现在已经能活跃地融入社交场合了，而他之前简直就像不存在一样。"

五月份王子在随从的陪同下来到了克拉里奇酒店①。奥古斯都引领他参观了皇家学院、国家美术馆和伦敦塔，并陪同他前往牛

---

① 伦敦的一所上流酒店。

津大学接受校方颁发的荣誉学位。这个夏天他应邀参加了许多高层聚会，见到了英国和德国王室成员，公爵和公爵夫人更是多得数不胜数。事实上所有有身份的人他几乎都见了个遍。在索尔兹伯里夫人的舞会上，奥古斯都向王子一一介绍自己的众多亲戚，以至于王子后来说道他在英国期间最为惊奇的就是海尔先生庞大的表亲数量。

光阴一年又一年地划过。奥古斯都继续四处周游、参加聚会，回到伦敦就外出赴宴。这时，旧式的那种做客乡间宅第，一住就是几星期甚至几个月的习俗早已成为了过去。邀请客人来度周末成了新的惯例。奥古斯都很少接受这种邀请。他习惯在伦敦度周日。他通常上教堂去听当时最受欢迎的牧师做布道，然后在公园里散散步，接着再去赴午宴。星期天的午宴风俗这时还很流行，没有完全被出城度周末的时尚破坏掉。最著名的午宴是由德洛西·内维尔夫人主持的，奥古斯都时常出席。下午他一般总有一场茶会要参加，晚餐也肯定总有人邀请。

可即便是公爵和公爵夫人们也不是长生不老的。渐渐地城堡的女主人们被她们的儿媳取代了，而她们自己不是寡居空房，就是搬到巴斯或伯恩茅斯去了。奥古斯都呆在赫姆赫斯特的时间开始多了起来。他现在只有遇到一场隆重的婚礼或是一场重要的葬礼时才有必要进伦敦了。他周围的人也不像过去那样上档次了。他以前从不接近美国人或是犹太人。他在早年的经历中发现旅途中碰到的美国人很庸俗，不过随着年岁的增长他也越来越宽容了。当阿斯特买下了克里汶顿并邀请他前去做客时，奥古斯都发现他很友善，不做作。金钱开始成为了一种权利。过去，要是哪个有贵族头衔的人把女儿嫁给了富有的厂主，奥古斯都对此肯定是轻描淡写地一笔带过。因此，当他在日记中提到新伯爵夫人自然大方，颇具淑女风范时,这不能不让人吃惊。现在不但是贵族家庭的幼子,甚至连最高贵头衔的继承人也开始和犹太人通婚了。

九十年代来了。奥古斯都一点儿也不喜欢。他快六十岁了,很多老朋友都已去世。生活的步调加快了,新的一代人开始用新的方式自娱自乐。再没有崇尚艺术的女士愿意同他去"肮脏又亮丽的圣巴塞洛缪"画画了;再没有地位显赫的夫人就宗教问题同他进行富有意味的交谈了;再没有志趣相投的圈子可以让他展示那本厚厚的素描集了;再没有人一遍遍邀请他讲那些名段子了。交谈已经消失了。盛大、冗长的晚宴消灭了社交。才华横溢的健谈家滔滔不绝,众人侧耳恭听的时代已经过去了。现在每个人都想说,却没有人愿意听。奥古斯都在人们眼中也许有些乏味了;当九十年代接近尾声时,他没有接到晚宴邀请的时日一年中肯定不止一天了。奥古斯都是很重情谊的。我认识他的时候,他还有几个有交情的朋友。不过他们谈起奥古斯都时,似乎是在耸肩膀;脸上的微笑很善良,却像是带着几分歉意。奥古斯都这时已显得多少有点儿滑稽了。

读者们读到这里时难免会有个想法:奥古斯都实在有点"势利"(Snob)。他确实是个势利眼。不过在我讨论这个话题前,我需要指出这个词(Snob)的内涵已随着时间的推移发生了转变。在奥古斯都年轻的时候,绅士们的"裤子上都系着马镫皮带——不但骑马的时候系,任何时候都一样:不系皮带就出门被人视作庸俗(Snobbism)的极致"。(而在我年轻时穿灰靴子进伦敦具有等同的意味。)我估计在奥古斯都写下这句话时,Snob 的涵义等同于"庸俗"或"平庸"。据我猜测 Snob 的"势利"词义最早是由萨克雷赋予的。①

---

① 萨克雷曾著有著名的《势利小人集》(*The Book of Snobs*)。

奥古斯都当然很势利。不过在这里,就像《无病呻吟》①中的托马斯医生那样,我也想对您说:"敬请明辨,小姐。"牛津字典对"势利眼"的定义是:"一个人,庸俗地或卑贱地仰慕社会地位或财富高于自己的阶层,并努力试图模仿或接近他们;一个希望被人视作有重要社会地位的人。"嗯,奥古斯都并不希望被人视作有重要的社会地位;他从来就没有怀疑过这一点。如果你不觉得他很重要,那在他眼中这只能证明你彻头彻尾的无知。他也没有庸俗地或卑贱地寻求接近那些社会地位高于他的人。他的祖父是赫斯特姆塞克斯的海尔-奈勒先生,至少有三个伯爵是他的表亲。虽然隔了好几代远,可依然是表亲。他一直混迹于顶级的社交圈,而他最为成功的一本书《两个高贵人生的故事》就是为他们而写的。在他眼中没有谁的社会阶层是高于他的。他从没有像亚伯拉罕·海沃那样凭借聪明或狡猾挤进上流社会;他是凭出身理所当然地坐在了他们中间。可即便如此,还是有很多人把奥古斯都看作一个势利鬼。

　　在我认识他有些年后,有一次我参加了一场聚会,当时的话题碰巧转移到了奥古斯都的"势利"上。大家没有恶意,只是在诙谐地揶趣。在那个年代,赴过一场晚宴后,按照礼节你应当在一星期内造访女主人。即便你内心里希望她不在家,可你依然应当讯问能否见到她。有时仆人开门后我一时紧张居然忘了那位我特地前来问候的女主人姓甚名谁。我在聚会上说完此事后又添了一个故事:当我告诉奥古斯都我当时有多尴尬时,他回答道:"噢,可我也经常碰到这种事。我这时就会问:'夫人她在家吗?'这永远不会错。"大家哄堂大笑:"这真是太像奥古斯都了。"二十年后当我在一本回忆录中读到我当年的这个小笑话时,简直吃了一惊,因为这个笑话

①　莫里哀的著名剧作。

没有一个字是真的。我当时灵机一动即兴编了个故事以博人一笑，而这个故事本身很是突出了奥古斯都的个性，从而为人所记。我写这篇文章的部分缘由就是想澄清事实，为奥古斯都正名。

我取笑奥古斯都实在是很不应该，因为他对我一直很好。他曾非常关心我的小说事业。"唯一值得小说家动笔的人，"他曾对我说，"是底层人物和上流社会。没人在乎中产阶级。"他一定不曾料到，随着时代的改变上流社会竟堕落到如此田地，以至于没有哪个稍有自尊的小说家愿意再写带贵族头衔的人物了，除非是作为笑料。奥古斯都觉得我通过在圣托马斯医院的医校实习经历应该对底层社会有了必要的了解。但他认为我对于贵族和士绅们的言谈举止也应当有较深层次的认识。为此他带我造访了他的很多老朋友。在发现我给他们的印象并不坏后，他又让朋友们邀请我参加他们的聚会。我很高兴能有机会进入一个全新的世界。不过这并不是一个完美的世界——到了这时奥古斯都已经和上流社会脱节了。在这个由老绅士们组成的圈子里，人们小心翼翼地维持着令人乏味的气派生活。我并没有给奥古斯都增光添彩。如果这些绅士们还继续邀请我，那他们是碍于奥古斯都的情面，而不是我的。就像大多数年轻人一样，我时不时地把自己的年轻当作是对聚会的莫大贡献。我当时还不明白在你参加聚会时，你有义务为聚会的成功做出努力。我那时沉默寡言，即便想说什么，也总是羞于开口。不过我很乐于多听多看，通过这些经历学到了一些后来发现是有价值的东西。一次我出席了一场在波特兰宫举办的盛大晚宴，在座的共有二十四人。男人们当然都穿着燕尾服，系着白领结，女人们则身着绸缎丝绒，拖着长长的裙裾，浑身珠光宝气。我们排着长长的队列走下通往餐厅的台阶，男士们挽着指定的"搀扶"对象。餐桌上古老的银器、刻花的玻璃和反季的鲜花交映生辉。晚宴很长，而且礼仪繁复。筵席即将结束之际,所有的女宾都和女主人一一交换眼色,然后女士们起身退入客厅,留下先生们一边饮酒,喝咖啡,抽烟,一边讨论国家大事。我认出坐在我旁边的一位老绅士是阿伯卡公爵。他询问了我的姓名后说:"有人对我说你是个非常聪明的年轻人。"我也谦逊得体地作了答。这时他从燕尾服口袋里掏出了一大盒雪茄。

"你喜欢抽雪茄吗?"他边问边打开烟盒,把一盒上等的哈瓦那雪茄展现在我眼前。

"非常喜欢。"

事实上我根本买不起这样的雪茄,只好在有人请客的时候才抽上一支。不过我当时觉得告诉他这个未免不太合适。

"我也是,"他说道。"每次我带某位丧偶的贵妇赴晚宴时,总是带上这么一盒。我建议你也这样做。"

他仔细地检查了一遍盒里的雪茄,拿出一根夹在耳朵上,再轻轻地按一按,确保雪茄的品质无可挑剔。他的建议很中肯,而我现在也买得起雪茄了,因此采纳了这个建议。

奥古斯都虽然对我很宽容,不过当他认为批评对我有益时,从来是不吝于此的。一个周二的上午,我刚去奥古斯都家度完一个周末后,邮差送来了一封信,是他在我告辞后不久动笔写的。"亲爱的威利,"信中写道,"昨天我们散步归来,你一进门就说,你渴了,来一杯喝的。我从没听你说过这么俗的话。绅士从不说来一杯喝的;他会说来一杯喝的东西。你真诚的,奥古斯都。"

可爱的奥古斯都!如果他现在还活着的话,恐怕会发现整个英语世界都已经和当年的我一样庸俗了。

还有一次,当我对他说我是乘大巴来的时候,他满脸严肃地说:"我更习惯于把你刚刚提到的那种交通工具称作公共汽车。"我回敬道他叫出租马车时也不会管那叫"两轮敞篷马车"。"那只是因为现在的人教育程度太低了,我怕他们听不懂。"奥古斯都反驳说。他一直认为人们的举止礼仪和他年轻时相比退步了许多。现在没有几个年轻人知道该怎样在一个文明社会中行为处事了。不过这又有什么好奇怪的呢,因为再没有人能教他们这些了。说到这里奥古斯都总喜欢讲一个关于克里夫兰公爵夫人凯洛琳的故事。凯洛琳夫人租下了奥斯特利宅,身边有不少人陪伴。她有些瘸,走路要靠一根乌木杖。有一天大家正坐在客厅里,公爵夫人突然站起身来。有一个小伙子以为她要摇铃,便立刻跳起来替她摇了。公爵夫人这时愤怒地用手杖敲了他的脑袋:"先生,多管闲事不是有礼貌!""她说得非常对,"奥古斯都这时会说,接着用充满敬畏的语调加上一句,"他应该能想到,公爵夫人可能只是想上洗手间。"他那

低沉的嗓音似乎在暗示,即便是公爵夫人也是要满足生理需求的。"她是位非常了不起的贵妇,"奥古斯都接着说。"她是最后一位敢于在邦德大街上扇仆人耳光的女人。"奥古斯都这时充满怀旧意味地回想起他的祖母,奥斯瓦尔德·莱彻斯特大人的太太。她经常习惯性地拧女佣的耳朵。那些都是勇敢的过往岁月了。那时的仆人们时刻准备着迎候女主人的拳脚。

奥古斯都在 1896 年出版了《我一生的故事》的前三卷,并于 1900 年出版了后三卷。很少有哪部作品会受到如此众口一词的猛烈批评。确实,哪怕是一位伟人,如果他的自传有六卷长,也免不了会有人来挑刺。《佩尔摩尔公报》充满了对作者的同情:这个人居然能赋予如此微不足道的一生以如此重大的意义。《国家观察报》说到,从没有见过如此啰嗦又自负的作者。《布莱克伍德报》问道:"奥古斯都·海尔先生究竟是何方神圣?"可奥古斯都·海尔先生面对这一切却出奇地冷静。他这本书是写给自己和亲友们看的,就

像他写《两个高贵人生的故事》一样，不是写给公众的。我想他也许从未考虑过，如果真是那样，这本书也许应该通过私人途径出版。甚至在出版了后三卷后，奥古斯都还是毫不气馁地继续着他的故事，直到他生命的最后一天。不过，这时已没有人有足够的虔诚之心来出版他剩下的巨著手稿了。

为了重新勾我的回忆，我最近又重读了一遍《我一生的故事》。评论家们说得都没错，可并不完全。游历他国时给朋友们写长长的书信，描绘一路的所见所闻，这显然是过去的习俗，而奥古斯都正是把这些长信全文出版了。它们很乏味。可它们也描绘了那种已经消失了的马车或"四轮马车"的旅行方式，描绘了古镇和历史古城曾经的观貌，而这一切随着文明的脚步已被彻底地改变。如果一位小说家想要写一个发生在教廷掌控罗马的最后岁月里的故事，那他一定能在奥古斯都的书里发现很多栩栩如生的素材。当然奥古斯都在路途中见到的这许许多多的重要人物都极度地乏味。他没有把人物写活的才能，这些人在书中都只是一个个名字。虽然他自己算不上妙语连珠，但奥古斯都能够很敏锐地抓住别人的奇思妙语，因此细心的读者常常能在书中读到一些精彩对白。书中的一位女士因为把一根蜡烛的两头都点过了而受到斥责。我非常希望能够在场听她说："噢，可我这是想让'两头合上'①呀！"奥古斯都在他的六卷书中插进了他所有的鬼故事和其他各种段子。这些故事都是他过去讲给那些出身高贵的夫人们听的，她们都曾是奥古斯都的痴迷听众。其中有些故事确实精彩。把这些好故事埋没在大段大段的啰嗦废话中实在是可惜。奥古斯都一直认为自己首先是一名绅士，写作只是顺便而为的，尽管他其实非常地多产。假如他首先

---

① 这在英语中即收支平衡之意。这是一句巧妙的双关。

做一名作家,其次才做绅士,那他完全不必写一部六卷长的自传。利用手头的素材,他可以创作两到三部作品,对他的时代做一个不算鲜活,但也有趣的描绘。

V

奥古斯都多年来一直遭受着心脏病的折磨。1903 年的一个早晨,当女仆走进房间,为他端来一杯茶和两片薄薄的黄油面包时,发现他穿着睡衣倒在地板上,死了。

苏巴郎①

I

很久很久以前,在遥远的十三世纪,当"睿智的阿方索"国王统治着卡斯蒂利亚时,一群牧人正在埃斯特雷马杜拉的一个叫赫利亚的地方看护着他们的牛群。一天,一个牧人丢了一头母牛,便外出寻找。他在平原上找了三天三夜,却徒劳无功。牛也许会在山里,他想。终于,在瓜达卢普河边不远的山中,他发现自己的牛倒在一大片橡树林中死了。他很奇怪尸体居然没被狼撕碎,更令他困惑的是尸体上找不到致命的伤口。既然事已至此,他便掏出刀来打算剥下牛皮,按照习惯在牛的胸口上划了两道十字形的切口。忽然之间那头牛站了起来,牧人惊恐之下夺路便逃。就在这时圣贞女马利亚出现在他面前,对他说道:

"不要害怕。我是耶稣的母亲,通过他人类得到拯救。带上你的母牛,把它放回牛群中。她会为你生下许多牛崽,以纪念现在出现在你眼前的圣灵。等你把母牛带回牛群,回到你的住所,告诉那里的神父和人民,让他们来这里。让他们挖开我的显灵之处,就会找到一尊我的像。"

说完圣母就消失了。牧人于是带上母牛,把它领回牛群,并把他的故事告诉了同伴。面对大家的讥笑牧人答道:

---

① 苏巴郎(1598—1664),西班牙巴洛克画家,尤以宗教题材画驰名,作品有《圣托马斯·阿全那的神化》《拿撒勒的圣家族》等。

"朋友们,不要相信我的话,但你们得相信母牛胸口的标记。"

这些人看着母牛胸前那个十字形的印记,终于相信了牧人。他告辞了同伴,回到了自己的村庄,向每一个遇到的人讲述了发生在他身上的奇迹。牧人是个土生土长的卡塞雷斯人,他的妻儿都在当地。当他回到家里时,发现妻子在哭泣——他的儿子死了。牧人于是说道:

"别难过,别哭泣。如果瓜达卢普的圣母马利亚愿让我的儿起死回生,我就将儿子许愿给她,让他成为她圣堂前的仆人。"

话音刚落男孩便健健康康地站了起来,对父亲说:

"父亲,快做准备,带我去圣母马利亚的圣堂前。"

当地人全都惊诧万分,完全相信了牧人口中圣母显灵的故事。牧人这时来到神父们面前说:

40

"先生们,告诉你们,圣母马利亚在瓜达卢普的群山中向我显灵了。她通过我命令你们:挖开那里,你们就会找到一尊圣母像。取出她的像,在原地为她建一座圣堂。她还告诉我,看护圣母院的人应该每天向所有前来朝圣的穷人施舍一次食物。她还对我说,她会在全世界的海洋和大地上施展神迹,让许许多多国家的普罗大众都前来朝圣。她又告诉我,圣母院所在的那座大山上会建起一座城镇。"

神父们和其他人一听完这话就立刻动身前往圣母显灵之处。他们挖啊挖,结果挖到了一个墓穴一样的山洞。他们取走了放在里面的一尊圣母像,在原地用干石和绿木为圣母建了一座小祠堂,又用当地盛产的软木为祠堂铺顶。于是各种饱受病痛折磨的病人纷纷前来拜谒。他们向圣母像祈祷,果真得以痊愈。这些人回到各自的国家,颂扬着耶稣基督和圣母的伟大神迹。而那个牧人则继续守着妻儿,一同成了圣母堂的看护人,而他的后代也作为圣母马利亚的仆人而代代传承。

细心的读者应该注意到了,这个牧人在向神父们讲述时,多多少少夸大了圣母给他的指示,给他自己谋得了一份既荣耀又多金的职位。埃斯特雷马杜拉人在西班牙向来有机敏大胆的名声。

尽管建在一片路途极其不便的荒郊野岭中,但圣母堂还是凭着圣母马利亚施展的许多神迹吸引了很多远道而来的朝圣者前来向堂中的圣母像致敬。随着时间的流逝小小的圣堂逐渐破败。后来阿方索十世,"睿智的阿方索"的孙子在原址上建起了一座宏大的教堂,足以容纳所有的朝圣者。阿方索国王这时正同摩尔人进行着一场绝望的战争,濒临失败之际他把一切都托付在圣母马利亚手中;圣母旋即赐予他一场辉煌的胜利。从此以后,卡塞雷斯的国王以及之后的西班牙国王都对这座圣母堂关爱有加。不但国王就连个人也赠与它土地,渐渐地这座圣母堂积聚了巨大的财富,为神父们建起了房舍,为病人建起了医院,为朝圣者建起了寝室;而这些人的需求又引来了犹太人和摩尔人。在利润的诱惑下,他们纷纷搬进了为容纳他们而建的城镇里。瓜达卢普后来经历了几多兴衰;它庞大的地产,延绵的牧群连同它聚敛的种种的特权无不激起了周围世俗和神职封建领主的嫉妒与不满,它也因此数次抵御了武装团伙的袭击。尽管如此,在信徒的虔诚募捐和院长的精明管理下,圣母堂的财富依然与日俱增。到了十四世纪末期,圣杰罗姆的僧侣团承担起了圣母堂的看护与管理工作。在一任接一任的院长手中辉煌璀璨的建筑拔地而起,精工细琢不计工本。国王们也继续莅临垂恩此地。克里斯托弗·哥伦布在开始处女航前也曾来此寻求圣母的庇护;后来的科特兹,皮扎诺和玻尔玻——全是土生土长的埃斯特雷马杜拉人——也都曾前来感谢圣母对他们的垂恩。

到了十七世纪三十年代,西班牙处于菲利普四世的治下;这时的院长弗雷迪亚格·德·蒙塔法决定建造一座全西班牙无与伦比的圣器室。他聘请了一位叫弗朗西斯科·德·苏巴郎的画师来为圣器室画装饰壁画。他选中这个人毫无疑问是因为他为僧侣们——尤其是像圣杰罗姆修道院里那样的白袍僧侣所作的肖像画已经为他赢得了极大的声望,当然也有可能是因为他也是埃斯特雷马杜拉人。苏巴郎出生在一个叫冯台·德·坎多斯的小村庄,离瓜达卢普不太远。

苏巴郎的出生日期已经无人知晓了,不过他的受洗证明倒还在世,证明上的日期写着 1598 年十一月七日。他的父亲是个家境宽裕的农民,或许就像今天的冯台·德·坎多斯农民一样,在村庄的街道上拥有一栋两层楼的房子,开着没装玻璃的窗户。一天早上,他去下地干活,让儿子把牲口领到了附近的牧场上。据说那时他只有十二岁,几个正在打猎的绅士看到他用一块煤炭在树干上画画,并为他的才思所打动,便把他带到了塞维利亚。但大同小异的故事也时常被加在其他画家头上,比如说乔托。它们只不过是一般人在面对一个既无背景又无出身但却才华横溢的人时一种表达惊异的方式。天赋是自然的神奇礼物,是无法解释清楚的。

这个关于苏巴郎的故事也不可能是真的,因为一份现存的文件证实他直到十五六岁时才第一次前往塞维利亚。这份文件是由他父亲于 1613 年末签署的,证明他将儿子送给一个叫佩德罗·迪亚兹·德·维拉努埃瓦的人当三年的学徒。这个人据描述是一名雕塑师。他于第二年一月初也在文件上署了名,据此承诺将他手中的技艺毫无保留地传授给苏巴郎,为此他将获得十六达克特的报酬。这笔钱一半立即支付,另一半在第十八个月末支付。一达克特相当于当时的十先令,而那时的十先令相当于今天的五英镑①甚至更

---

① 作者写这篇文章时,一英镑约合今天的四十至四十五英镑。

多。因此这笔钱总共相当于今天的八十到一百英镑。协议还规定，雕塑师要为徒弟提供食宿，并在他生病时提供治疗，除非病情持续了超过两周；在这种情况下，治疗费用将由孩子的父亲承担。苏巴郎的父亲还需为儿子提供衣服和鞋袜。协议还有一条规定：如果"协议中所说的苏巴郎"在三年的学徒期中选择在节假日工作，那他的收入将归他自己所有。

这里面有一件蹊跷事：这孩子并没有师从塞维利亚当时最有名的画家，而是被送给了这么一个名不见经传的雕塑师，以至于今天我们除了知道他曾是苏巴郎的老师外就对他一无所知了。不过我个人觉得答案其实很简单。那时的很多雕塑师同时也是画家。例如阿隆索·卡诺的彩雕和绘画就同样出名。佩德罗·迪亚兹·德·维拉努埃瓦主要从事雕刻；他创作的大大小小的雕塑不但被安置在教堂，也为一般大众所追求，用于私人膜拜。尽管如此，但他很有可能也从事绘画，虽然已经没有一幅他的画作留世了。弗朗西斯科·德·赫雷拉、璜·德尔·卡斯蒂略和璜·德·拉斯罗拉斯都曾师从提香，此时都是塞维利亚的名师，世人对他们的作品评价甚高。可以合理地推测，就凭苏巴郎的农民父亲那点可怜的学费，他们肯定会拒绝接受苏巴郎做学生。他之所以把苏巴郎送给一个默默无闻的艺人做学徒，只是因为他的学费便宜。

在苏巴郎的三年学徒生涯中，我们所知道的最有趣的事莫过于他和委拉斯盖兹成了朋友。委拉斯盖兹此时正师从赫雷拉·埃尔·别霍学习绘画。长久以来意大利学派的影响在西班牙占据着主导地位。不过就在这时里贝拉的绘画开始为人所知。他的作品恰好迎合了西班牙那种独特的个性，因而开始广受欢迎。里贝拉是西班牙人，但早年在师从巴伦西亚的里瓦尔塔一段时间后便前往罗马。在那里他同自然主义学派的领头人、明暗对照法的大师乔拉瓦乔一起合作。里瓦尔塔描绘恐怖的殉教场面时使用的那种光影的强烈对比及其戏剧化的力量和庄重的基调不但都符合大众的审美观，而且吸引了年轻的画家们——他们对老师依然循规蹈矩地遵循着一种早已失去魅力的艺术风格感到越来越不耐烦。里贝拉对年轻的委拉斯盖兹和苏巴郎的影响是如此之大，以至于这两人的好几幅早期作品究竟是哪一位所作，人们的看法都曾在不同时期发生过摇摆。例如，收藏于国家美术馆内的《牧羊人的膜拜》长期以来一直被认为是委拉斯盖兹所画，但目前被认定为苏巴郎的作品。

那时的教会不赞成绘画使用裸体模特，因此学生们开始就画静物画和花卉画作为练习，为将来描绘人体做准备。那时人体绘画是画家的唯一主题。不过苏巴郎这一时期的所有作品都已失传。他的第一件存世的作品是作于1616年的一幅圣灵感孕图。那年他十八岁。这是一幅生硬细致的肖像画，描绘了一位站在空中八个小天使头上的年轻姑娘。这幅画很明显受到了意大利学派的影响。大约就在这时，苏巴郎一定还创作了《幼年圣母的祈祷》，因为这幅画里他使用了一名相同的模特——一个胖脸朴素的村姑。

II

苏巴郎的生活默默无闻。我们对他除了猜测外知之甚少。这也并不奇怪，因为画家的生活必然充满了单调的规律。这个职业很耗体力，因此苏巴郎在辛劳一天后也不太可能去从事那种能给传记作家带来素材的冒险。在苏巴郎的年代里画家不像现在这样不但打算而且相信能为自己的作品找到买家；苏巴郎没钱买画布和颜料，完全受雇作画。他的社会地位很低，和金匠银匠，家具匠，订书匠处在同一水平上。他是个艺人，过着简朴紧巴的日子，没有人觉得他的辛酸坎坷有什么值得记录的。如果苏巴郎有过爱情，那这也不关旁人什么事，也没有人在意他的来去，除了他自己。可是当一位艺术家声名鹊起后，整个世界都想知道他是个怎样的人；人们很难相信，一个人创作出了极其罕见的富有创造力的作品，可他居然只是一个平凡得不能再平凡的人，他的生活就像一个银行职员一样平淡无奇；因此各种传说也就层出不穷了。尽管没有任何根据，但这些传言却与他的作品给人留下的独特印象或是与他的肖像非常吻合，从而具备了某种可信性。

这也正是发生在苏巴郎身上的事。据说，他在永远地离开冯台·德·坎多斯前，画了一幅恶毒的漫画讽刺当地一位富有的乡绅。这位乡绅名叫西尔瓦里奥·德·卢尔卡。他一听说这件事就立刻前往男孩的家中找他算账。苏巴郎的父亲告诉他，儿子已经走了，但拒绝透露他究竟前往何方。愤怒的年轻乡绅对着男孩父亲的脑袋猛击一拳，结果五天之内他就伤重而死了。卢尔卡逃往马德里，在那里仗着有权势的朋友逃过了对他罪行的惩罚。光阴似箭，渐渐地他在菲利普四世的朝中谋得了要职。许多年过去了。苏巴郎为了工作或是寻找工作，也来到了马德里。一天晚上，在回家的路上，他遇见两个男人正在告别。其中一个说完"晚安，卢尔卡，明天见"后就走了。苏巴郎走到那个被称作卢尔卡的男人面前问道："莫非你就是堂·西尔瓦里奥·德·卢尔卡？你是冯台·德·坎多斯人？"

"我是。"

"那就拔出剑来！我父亲的血债需用血来还，一命偿一命！我是弗朗西斯科·德·苏巴郎。"

两人生死相拼。战斗很快结束了。西尔瓦里奥·德·卢尔卡倒在地上喊着："我要死了！"苏巴郎则逃离了现场。

这个故事当然很符合那个年代的特征。当时的西班牙人和所有人一样都痴迷于荣誉感;不仅仅是士绅和士兵,就连服装商和男仆都随身带剑,随时准备回敬冒犯。布伦斯威克的美术馆里有一幅据称是苏巴郎的肖像画,似乎给这个传说提供了某种可能性。画中的男人肤色黝黑,一头凌乱的黑发,蓄着黑唇髭和黑山羊胡,一双黑眼睛,神色严厉肃穆。你不能不说这像是个既不忘记也不原谅任何伤害的人。马德里也有一幅据说是苏巴郎的肖像画,不过画中人要年长许多。他的头发稀少斑白,表情温和。不过,这两幅画除了非常古老外,没有什么其他证据能够证明它们画的就是苏巴郎。据说他曾在某件大型油画中把自己画进了人物里,比如像《圣托马斯·阿奎那的神化①》,还有瓜达卢普的那幅描绘亨利三世向院长授予主教位的油画。但这同样只是猜测。

不过普拉多美术馆最近获得了一幅小画,只有极端多疑的人才会拒绝相信这是一幅真正的苏巴郎晚年时期的肖像。这幅画名叫《耶稣基督和伪装成画家的圣路克》。画中基督被钉在十字架上,在他的身旁站着一位画家,拇指托着调色板,手中握着画笔。他消瘦又苍老,紧裹着一层皮的脖子中凸显出一只大喉结。他的头已经秃了,只有后脑勺还挂着细长灰白的发缕,一直留到肩膀。他就像布伦斯威克的那幅画里一样长着高颧骨,不过此时脸颊已经下陷;他长着突出的鹰钩鼻,上唇很长,有些后缩的下巴部分遮掩在稀疏蔓生的胡须后。他披着一件松垮的灰罩衫,正像苏巴郎和所有今天的画家工作时穿的那样。这幅画中的老人已经被岁月,贫穷,漠视和失望击碎了。他右手按着心口,举头仰望垂死的救世主,就像一条被无辜痛打的老狗可怜巴巴地依恋着主人。

---

① 此处的"神化"是指神圣化,指圣徒通过感受圣灵达到了神的状态,是基督教神学的一个特定概念。

学徒期结束后,苏巴郎似乎是去了列雷纳——位于埃斯特雷马杜拉的一座繁荣的城镇,距离他的出生地也不太远。据唐娜·玛利亚·路易萨·卡图尔拉记载,在那儿苏巴郎娶了一个叫玛丽亚·派斯的女人——唐娜·玛利亚曾花费多年时间潜心研究这位艺术家的生平和作品。苏巴郎的岳父是个职业阉畜人,有一个大家庭。苏巴郎那年十八岁,而他的妻子要长他好几岁。这场婚姻既没有给他带来金钱也没有给他带来名誉,因此我们只能假定这是出于爱情。1620年这对夫妇有了一个儿子,1623年又生了一个女儿。玛丽亚·派斯好像就在这时去世了,也许是死于难产。1625年苏巴郎娶了一个列雷纳当地的叫贝翠·德·莫拉里斯的寡妇。按照唐娜·玛利亚·路易萨·卡图尔拉的说法,她这年快四十岁了。苏巴郎两次婚姻都娶了比自己年长许多的女人,这真是让人奇怪。贝翠·德·莫拉里斯为他生了一个女儿。她死于1639年。五年之后,苏巴郎又娶了唐娜·莱奥娜·德·托德萨斯,一个二十八岁的寡妇、金匠的女儿。她为苏巴郎生了至少六个孩子。

奇怪的是,除了我前面提到的两幅画外,在苏巴郎前往列雷纳后的八年时间里我们找不到任何他的作品。可他依然渐渐地开始小有名气,因为就在1624年他受聘为塞维利亚大教堂绘制九幅巨大的作品,描绘圣彼得的生平。在这之后,他又回到列雷纳,在那儿似乎又呆了两三年,之后应塞维利亚一座修道院的僧侣邀请返回这座城市,为他们的新修道院画一组反映圣彼得·尼古拉斯科生平的画作。他接受了这项工作,完成作品后又为圣保罗修道院画了一幅耶稣受难图。这些作品获得了广泛的赞许,一些士绅甚至向镇议会请愿道,"我们目睹了他作品中展现出的精湛技艺,而绘画毫无疑问是这个国家璀璨的饰品,"因此塞维利亚应当邀请苏巴郎在这座城市定居下来,"如果不是通过报酬或金钱,那么至少应该通过动听的言语,这样也能达到目的。"镇议会考虑之后责成请愿书的作者堂·罗德里戈·苏亚雷斯前去告知苏巴郎"鉴于人们给与他如此高的评价,这座城市是多么渴望他能够留下;我们一定会施与他恩惠,并适时地在各种情况下给与帮助"。苏巴郎接受了这份盛情邀请,他随后发表的一项声明显示他还向列雷纳的妻儿捎信,把他们也叫了过来。

但故事到这儿还没完。当地的画家对此勃然大怒:一个埃斯特雷马杜拉人,一个他们眼中的外国人,居然如此荣耀地站在了他们当中。对当时的画家来说大多数工作机会都来自于教堂和修道院,市场有限,因此一个陌生人的竞争就尤为可恨。阿隆索·卡诺于是向镇议会递交了另一份请愿,反对先前通过的决议,要求议会审查苏巴郎的绘画资质。镇议会似乎对所有的请愿都很奇怪地乐于接受,他们居然认同了阿隆索的请求。而且更令苏巴郎愤怒的是,画家行会的头脑在其他行会成员的支持下(其中包括一名公证人和一个警察来给他们助威)甚至上门通知他,三天之内必须接受审查。他立刻提醒议会,正是他们自己出于对他杰出绘画技艺的考量才邀请他前来塞维利亚定居,为这座城市增光添彩的,而他个人忍受了巨大的不便才把住所从列雷纳移到了塞维利亚。他因此声明自己绝无义务接受如此侮辱人格的要求。可以推断,议会最终认同了他这一声明的合理性,因为苏巴郎从此留在了塞维利亚,并继续从事他从伊比利亚半岛各处接揽到的绘画工作。

1634年苏巴郎应菲利普四世之命在委拉斯盖兹的邀请下来到马德里,为一座叫埃尔·布维·雷蒂罗的宫殿①作画。这座宫殿由国王的宠臣奥利瓦雷斯公伯爵建造,为的是把国王的注意力从不尽人意的内政状况以及同荷兰、法国和英国的灾难性的战争上转移

① 即丽池宫。

开，而这一切同公伯爵的顽固愚蠢都脱不了干系。委拉斯盖兹这时已在马德里多年。在那个年代如果画家没有宗教绘画可作，那他就只能靠画肖像为生。而在那时的西班牙只有宫廷才有钱雇画家画肖像画，因此肖像画家通常在宫殿装修时最有可能遇见主顾。很可能委拉斯盖兹因为竞争异常激烈的缘故没法在出生地揽到宗教绘画的工作——这一点在塞维利亚的画家试图赶走苏巴郎的例子中已有所体现。但也有可能是因为他精明的岳父帕切科发现他的伟大天赋在马德里更能派上用场。不管怎样，委拉斯盖兹来到了马德里，并赢得了国王的青睐，从此平步青云。苏巴郎得到的工作是画一组油画描绘赫拉克勒斯的壮举。关于这组作品我后面还有话说。这里我只想随性而至，讲一个有趣的小故事。苏巴郎曾被授予"御用画师"的荣誉称号，这或者是归功于前面所说的这份工作，或者是因为他为一艘御用游船所作的饰画。当时塞维利亚的贵族们向菲利普四世献上了这艘游船，让他能悠闲地在环绕新宫殿的静水湖上扬舟荡漾。一天，在完成了一幅作品后，苏巴郎署名道：弗朗西斯科·德·苏巴郎，国王的画师。这时有人碰了碰他的肩膀。他扭头一看，发现一个黑衣人正站在身后。那是一位绅士，蓄着长长的金发，一张白皙的长脸，双眼淡蓝，下巴很长——这正是国王本人。西班牙国王陛下微微一笑，以他著名的优雅气度指着苏巴郎的签名说："国王的画师和画师中的国王。"

这样的赞美当然很仁慈，但似乎并没有给苏巴郎带来更多的工作机会。他在完成了这项任务后就返回了塞维利亚。他随后又为赫雷斯·德·拉·弗隆特拉的卡尔特修道院画了几幅杰作，这些作品今天陈列在加的斯博物馆里。1638年他去了瓜达卢普。关于这些作品我一会儿也有话要说。

苏巴郎靠绘画挣得的收入有限，而他又有一大家人要养活，因此他很少能有机会存下钱来。哪怕仅仅是支付日常开销也需要他不停地接到活干。画家的生存依赖公众的喜爱。他要花费多年时间学艺,发扬自己的个性,使作品带上他的独特烙印,而这也正是他的原创性所在。因此他可能需要很长时间才能积累足够数量的主顾来满足他的基本生活需求。但是往往当他的才能还处于巅峰时,一个年轻人就会出现在舞台上,向公众展示一些新玩意;哪怕它们的质量不及前者,但仅凭着新奇劲的吸引力,它们还是能够抓住公众那摇摆不定的欢心。而这正是发生在苏巴郎身上的事。人们开始对他的画厌倦了,热情地转向了一个二十多岁的年轻人;他的作品是如此能够取悦公众的情感,而这一点是苏巴郎那种真诚、严肃的作品所望尘莫及的。这个年轻人就是牟利罗。他能说会道,风度翩翩,使用的色彩丰富和谐。就在苏巴郎第三次结婚时,他开始采取所谓的"暖色调"画风,成为了塞维利亚最受欢迎的画家。他将现实主义与多愁善感结合在了一起,从而迎合了西班牙民族性格中的两个显著特征。苏巴郎的工作越来越少了。1639年到1659年期间他甚至没有在一幅画上署过名。我们只能猜想,如果他在此期间有过作品,那他也一定是觉得其重要性不足以签名。1651年他再次来到了马德里,也许是为了见刚刚从第二次意大利之旅中返回的委拉斯盖兹。他也许是想通过委拉斯盖兹的影响从国王那里获得另一份工作。但如果这真的是他的目标,那他一定失败了,因为此后不久他就返回了塞维利亚。屋漏偏逢连夜雨,1656年,由于连续一年付不出房租,他的家产被没收拍卖。但他的东西太破烂了,以至于没有一笔成功的拍卖。

两年之后他再次来到马德里,不过这一次他留了下来。据人所知他就在那里度过了余生。他这时已经六十岁了,超过了尝试一种新风格的年龄了。画家传递信息的对象主要是与他同时代的人。

他也许有许多新奇的东西要告诉人们,但他必须使用当时的特定语言,而下一代人却会使用另一套不同的语言。有一点是肯定的:一个画家只能在自然为他划定的界限内发展成长,他的表达模式就是他个性的精髓,因此试图换一种表达模式注定是徒劳的。如果这个画家的语言不再能为人们理解,那他就应该知趣地保持沉默,并相信时间会最终对他做出补偿。时间会将伟大从渺小中筛选出来。后世不会关心一个消逝年代的流行时尚;他们只会从一大堆传递到他们手中的材料里选出最符合他们当前需求的东西。

但苏巴郎必须活下去,为了生计他不得不画人们想要的东西,而他们要的就是牟利罗的那种画。于是苏巴郎不得不强迫自己去学牟利罗的风格。这是个不幸的尝试。他模仿牟利罗的作品既缺乏他自己的力量,又少了牟利罗的魅力。

1664 年苏巴郎还活着,因为就在这一年他受聘作为一名行家鉴定一组油画收藏品在其主人堂·弗朗西斯科·哈辛托·德·萨尔希多死后的价值;收藏品共有五十五件。当时也许有什么特殊原因,使得保留至今的估价清单上没有画家的姓名,只有画的主题和画布的尺寸。估价最高的是一幅最大的画。它描绘的是"君王的膜拜"①,十英尺长,接近八英尺高,估价一千五百里拉。当时的一里拉相当于今天的六便士,因此这幅画,包括很可能装饰精美,造价昂贵的画框,估计只值三十七英镑十先令。而其他一些圣徒和僧侣的全身像均值都在五百里拉左右,相当于今天的十五英镑。因此,在当时的市场行情下,毫不奇怪苏巴郎最后会一文不名,而他那位成功的竞争对手牟利罗死时连丧葬钱都没留下。

---

① 指圣经中东方三博士膜拜出生在马厩中的耶稣基督,并向圣母献上三件礼物的场景。

III

委拉斯盖兹死在了苏巴郎前面。其他的画家被正式任命为"御用画师"接替他的位置，先是梅佐，随后是卡雷尼奥。哈布斯堡王朝终结了，随着波旁王朝的来临西班牙也进入了十八世纪。苏巴郎的艺术对于仰慕凡·鲁与其子拉斐尔·门格斯还有蒂耶波洛的公众来说不值一提。整个十九世纪苏巴郎依然默默无闻，直到某些历史性事件的发生再度让他的同胞想起了他。经历了灾难性的美西战争后，西班牙丧失了那个查尔斯五世吹嘘为日不落的伟大帝国的最后残片。面对战争惨败的屈辱，西班牙人开始回顾黄金年代的荣耀，追寻那些依然能为他们带来骄傲的东西。古巴和菲律宾的殖民地已一去不返，但没有什么能夺走他们大教堂和宫殿的荣耀，夺走塞万提斯、罗普·德·维加、卡尔德隆、克维多等作家的天才，夺走西班牙画家的璀璨。

委拉斯盖兹这时已经名扬四海，全欧洲的鉴赏家在犹豫之后也开始欣赏格列柯那神秘的魅力。而将苏巴郎从遗忘中拯救出来的任务就落在了西班牙人自己身上。当他们最终认识了苏巴郎后，我想他们一定发现了他是这三人中间最西班牙式的，就像我们今天普遍认为的那样。他缺乏委拉斯盖兹的那种炫目的、洋溢在空气中的璀璨，也缺乏格列柯那种热烈的激情，但他有着其他两人所没有的实在。他具有符合西班牙人自我认知的特性。他诚实、庄严、怀有深沉的宗教情感、自尊、坚强，而这一切尽管经历了三个世纪的政治黑暗，宫廷放荡，经历了十八世纪的浮华轻薄和十九世纪的呆板愚钝，西班牙人却依然深深地感到这些品质根植在自己心中。苏巴郎的缺乏想象力并没有疏离他们，因为西班牙人原本就不是热烈的想象家；而他的现实主义却令他们愉悦，因为西班牙人现实得根深蒂固。他们并不浪漫，因为浪漫更适合迷雾蒙蒙的北方，到了南欧的骄阳下就会晒得病怏怏;但他们热情,而恰恰在苏巴郎的画中他们隐约感受到一股被意志力和自尊把持着的热情。

1905年西班牙人收集了所有能够找到的苏巴郎的作品,在普拉多美术馆举办了一次画展。我不知道公众对此的反响如何;但据我所知这次画展对欧洲其他国家没有产生任何影响。

苏巴郎为丽池宫所画的作品一直令他的仰慕者难堪。长久以来他们一直在质疑这组画的真实性。但是那位坚忍不拔的档案考据家唐娜·玛利亚·路易萨·卡图尔拉近年来发现了一张由苏巴郎签字的收条。这些画确实很糟糕。画的主题当然很难处理,面对这样的主题也许只能像皮埃罗·达·柯西莫可能会做的那样,把它当作充满幻想的装饰画来对待,用绿地上嬉戏的小半人马、色彩斑斓的小鸟还有神兽来创造欢快的氛围。但这样的处理方式绝不会进入苏巴郎的脑海。他那真诚的现实主义容不下任何奇思怪想。他笔下的赫拉克勒斯没有任何英雄色彩。他身上没有什么能让你想到他是神之子,是迈锡尼王子;他不过就是个西班牙农民,除了一张狮子皮外赤身裸体,强壮、粗野、一脸悍相。他就像是个集市上的杂耍大力士。当那位勤勉的女士确切无疑地证明这些画的作者正是苏巴郎时,真不知这对苏巴郎来说是好事还是坏事。

但一个艺术家有权要求人们用他最好的作品来评判他。通常这些杰作都是在相对较短的几年时间里集中完成的。对苏巴郎来说,他的黄金时间似乎就是1626年到1639年。但《赫拉克勒斯的壮举》恰恰就是在1634年完成的,当时他正处于巅峰状态。这该如何解释呢?我能够想到的唯一答案就是,苏巴郎和其他艺术家一样也有他的局限性。当他企图在自己的能力范围之外进行尝试时,他甚至比那些天赋不及他的人还要失败。我想苏巴郎是个谦逊明理的人,习惯于遵从主顾的意愿。我猜他想都不会去想要拒绝皇家的委托，哪怕他可以不考虑经济因素。手头一有工作，他就会全力以赴。可这回他实在是搞砸了。毫无疑问，他的神职主顾们给他的要求一定都很精确，而他也有义务严格遵守。虽然他们要用买来的画装饰教堂和圣器室，但他们的主要目的不是为了获取一份艺术品，而是为了得到一件教化的器物，或者是一件能够给画的主人带来荣耀的作品。这样的画会向虔诚慷慨的公众描绘这个团体的杰出人物，他们创造的奇迹，他们受到的恩泽，甚至是他们的殉道。有时他们的要求使得画家无法创作出一幅满意的作品来。普拉多美术馆里有一幅苏巴郎的作品，描绘的是圣彼得·尼古拉斯科的幻象。一个天使手指嵌在画面左上角的天堂之城，如此布局给人一种非常难受的感觉。那个天使让你想起一个正在播放旅游幻灯片的讲演员，你觉得他随时都会向播放员点点头，随着咔嚓一声下一张幻灯片将展示城市里另一块区域。

苏巴郎对于构图没有太多技巧，他也没有多少创造的巧思。他最擅长处理单个人物；在不得不面对多个人物时，他也只能使用非常简单的布局。

想要知道苏巴郎在处理最擅长的题材时能够达到怎样的高度，你只需要看看他在瓜达卢普的圣器室所作的八幅巨大的油画。这些作品就放置在当初创作的地方，因此这是一个有利条件。根据这座圣母院的传统我们可以认为正是苏巴郎自己为这些画设计了彩饰画框并指导了墙壁和天花板的装饰，这些对今天的审美观来说有些太繁琐了。这八幅画反映了这个修会里一些僧侣的重要生平。其中四幅由苏巴郎签字，另外四幅相对次要的则没有签名。因此有人推断，尽管这些画由苏巴郎开始创作，但却是经他人之手完成的。就在他绘制这些画的时候，他的妻子染上了致命的疾病。因此苏巴郎有可能在完成创作之前就起身回家陪伴垂死的妻子了。

人们通常普遍认为苏巴郎最伟大的杰作是《圣托马斯·阿奎那的神化》，现藏于塞维利亚博物馆。但我认为他真正的杰作就是这八幅画，而且应当采用我的视角把它们作为一个整体欣赏。这些作品展现出了他所有的光芒，却避开了他全部的弱点。在苏巴郎的有些作品里，比如像他在格勒诺贝尔的一些画作，人物十分地呆板；它们是人体模型，而不是真正的人。而在瓜达卢普的画中人物却有血有肉，流动着生命的活力，真实得令人信服。苏巴郎画技很高，而且他似乎还具备某种戏剧感，能够很好地安排布景，选择合适的道具，使画面中的场景产生真实性。他的背景悦目但传统，显然他的主要兴趣在于对模特的人物塑造。他的模特都是在他创作期间恰好在修道院里的僧侣。这些作品中最令人印象深刻的一幅是孔扎罗·德·伊勒斯卡斯神父的肖像画。这位神父在十五世纪中叶时担任修道院院长。画面中他坐在桌前，举起的手中握着笔，抬着眼，似乎刚刚有人敲门，他正在等人进来。那张脸就像今天的生意人一样，深沉、干练、警觉。如同我在开篇就向读者解释的那样，"瓜达卢普的圣母马利亚"这样的修道院拥有庞大的地产、隶属的城镇和无尽的牧群，再加上附属的医院和旅馆，真是一份巨大的产业；而院长在任期内对其拥有绝对的控制权。因此他尽管信仰虔诚——非如此不足以服众——但同时也是个精力充沛的干练之人。苏巴郎的色调尽管庄重、生硬甚至严厉，还有些冷，但却非常华丽。圣器室里的这些画面向窗户，已在西班牙夏日的骄阳下暴晒了三百年，因此已经褪得只剩下淡淡的色彩了。这尽管削弱了它们的艺术魅力，但这些画依然散发出慑人的高贵之气。它们体现出了一个技法娴熟的艺人手中那种驾轻就熟的力量。

《圣托马斯·阿奎那的神化》是一幅巨大的作品，画中的人物都有真人大小。圣托马斯站在一片祥云上，一手握笔，一手捧着一本打开的书,左右两侧各坐着四个衣着华贵的教会博士,似乎也坐在祥云上。下方是一处迷人的街景,街景的前台是一根柱子,两侧各跪着一群人物,其中一群是查尔斯五世皇帝和他的三个廷臣,另一组是建造了这座教堂的大主教和三个陪侍的僧侣——这幅作品正是作为这座教堂的祭坛画而绘制的。画面顶部是在一片祥云中像扛枪一样扛着十字架的耶稣基督和圣母马利亚,还有另外两个天堂中的人物,经辨认分别是圣保罗和圣多米尼哥。这幅画以其巨大的尺寸、创作的活力、精湛的技艺和绚丽的色彩给人留下了深刻的印象。但即便如此,你依然不能不注意到其构图方面的差强人意。画面被分割成了三个部分,因此观众的眼睛没法自然地将整幅画作为一个整体来欣赏。而画面最下端的部分尽管毫无疑问是最次要的,却反而成为了最引人注目的地方。圣托马斯的模特的名字得以流传至今。他是塞尔维亚大教堂的一个教士,名叫堂·奥古斯丁·阿布罗·德·埃斯克巴,是苏巴郎的一个朋友。在肖像画中,如果模特是个名人,那么与其画得更像他本人,不如画得更贴近大众凭借道听途说或者他本人的著作得到的感觉,尤其是在描绘某个早已离世的人物时更是如此。不过在描绘圣托马斯·阿奎那时,苏巴郎笔下的人物简直一点儿也不像他。你无法相信这位圣洁的博士居然是个相貌平平,精神抖擞的胖小伙子。

苏巴郎很少犯这样的错误。塞维利亚博物馆里有一幅教皇乌尔班二世与圣布鲁诺对话的大型画作。圣布鲁诺是加尔都西会的创立者,应乌尔班二世的邀请离开他在查特谷的隐修处来到罗马。苏巴郎用他娴熟的技巧把握住了教皇——一位世俗和精神领袖——同苦行僧两人的特征。布鲁诺眼睛低垂,双手谦卑地藏在长袍的袖管里。他的脸庞消瘦,尽管仪态谦逊,但神情之中却显露出一股意志的力量。据史料记载他正是凭着这股毅力同教会内的买卖圣职与腐败斗争的。教皇的眼睛看着画外的观众,透露出一种坚韧、精明的眼神,就像一个习惯于发号施令,被人服从的角色。可尽管如此,他的表情中依然带着某种不安,似乎当他同这位勤俭、坚韧的僧侣同时也是他的老师面对面时,即便坐拥如此显赫的地位,却依然感到缺乏自信。

　　大约就在苏巴郎创作这幅杰作的同一时期,他还为同一座修道院绘制了一幅描绘格勒诺贝尔主教圣雨果参观这座修道院的作品。正是在圣雨果的帮助下圣布鲁诺才得以建造了这座修道院。画面中创立新修会的七名僧侣正坐在餐厅的桌前用餐。苏巴郎对人物身上的白袍描绘得极其精湛,但不知怎的这些白袍却给人一种奇怪的僵硬感。据说这是由于苏巴郎使用人体模型做衣服模特,不像他画人物头部时用的是真人模特。这也是个古老的传统。但我依然不明白为什么当他把衣物穿在人体模型上时,长袍会呈现出不自然的褶皱。在苏巴郎的多幅画作中,人物的长袍都呈现出衣物材质无法形成的褶皱,就好像它们是纸板做的一样。对此一个更合理的解释是,这是由于苏巴郎早年跟随一个雕刻师傅受到木雕训练的结果。他从来没有抛弃对模式化的材质褶皱的热衷。而这也的确是一种精妙的简化,并为他提供机会使用他最钟爱的明暗对照法。而且在我看来,这种手法还为他笔下的这许许多多僧侣增添了某种戏剧性价值。

　　我前面说苏巴郎缺乏想象力,这其实是有些夸张了。与其如此,不如说他缺乏幻想来得准确。肖像画艺术——苏巴郎就是一位杰出的肖像画家——某种程度上说是画家和模特之间的合作——模特也必须作出某种贡献;在他的身上必须有某种能够激发艺术家感知的东西,使他能够表现出某种超出模特外在表象的价值。画家必须具备某种类似小说家的感官能力,以便融入他笔下的人物,想其所想,感其所感。这种感官能力就叫想象力,而这也是苏巴郎所具备的。他的模特都极具个性,只要稍具感知力就不难分辨出他们的性格特质。在他丰富的僧侣肖像作品集中，苏巴郎描绘了人类能够表现出的大多品质。在他的画中你能够依次辨认出理想主义者、神秘主义者、圣徒、狂热者、禁欲者、独裁者、恪守教规者、利己主义者、好色之徒、贪食者和小丑。吸引这些人献身宗教的可不仅仅是对上帝的爱。那有时是受挫的雄心，有时是失落的爱情；有时是对和平与安全的渴望，有时是出人头地的一种自然渴望——如果一个人不愿在美洲或战争中寻找机遇，那么教会就为那些贫穷但聪颖又渴望地位的寒门子弟开启了唯一的一扇门。

苏巴郎很少画在俗的男人，但却画了不少年轻的女人，大多很美丽，穿着那个年代的华服。因为年轻人的面容总体来说不太能表现个性，因此苏巴郎无法展现他在塑造个性方面的独特天赋。再者，那个年代的年轻女人就像今天的姑娘一样，也喜欢把脸藏在厚厚的脂粉之下，看起来都非常地相像；因此苏巴郎也就给所有人都画上一张漂亮脸蛋，然后用丰富的色彩来渲染她们的绫罗绸缎，珍珠和镶着宝石的胸针。

关于这些女性肖像画有一件趣事：它们描绘的据称都是圣徒。但如果你花点时间了解一下这些圣徒的生平，你会发现尽管她们至圣至善，但绝不可能穿着如此华丽的裘服，佩戴如此昂贵的首饰。有证据显示，在苏巴郎创作活跃的那个年代，当时的西班牙刮起了一股时尚——贵族们喜欢让画家以妻女作模特描绘圣徒，而某些绅士也乐意将心仪之人画作圣徒。罗普·德·维加曾经请人将一位女士画作"圣洁的苏珊娜"，而据我们对维加的了解这两人的关系一定非同寻常。一位埃斯奎拉奇的王公据记载曾让人为他的情妇作了一幅画，画中她穿着圣海伦娜的衣服，配着圣海伦娜的徽记。苏巴郎笔下的这些"圣徒"都是塞维利亚的贵族女子。当时西班牙的上流女性由于受到在某些方面依然风行的摩尔人的影响，仍然离群索居,而且她们除非是皇室血统,不然一般不能以本人的名义作肖像画,否则会被认为不合体统。但通过这样一种巧妙的伪装,她们就能够在不失礼的条件下满足那种自然的渴望,同时还能将此作为一种虔诚之举,显示她们对教会的热爱。当她们前往钟爱的教堂参加弥撒时,看到一幅自己的肖像悬挂在墙上或装点着祭坛,这该是一种怎样的满足啊。那时还没有皇家艺术院的预展会,或是艺术沙龙的"展览前日",好让她们听到各式各样对自己肖像的评论;但我们可以推测,这些女士正是带着和今天的人们一样的骄傲与恐惧间杂的心情聆听前来观看、欣赏、批评、责难的好友们的祝贺。

关于苏巴郎的绘画,我已经提到了他描绘僧侣白袍时精湛的画技,得体的表现手法和丰富深沉的明暗色调,提到了他描绘教会要人和高贵女性的服饰时所用的丰富色彩;我阐述了他画技的真诚,他的庄重,他的严肃;我强调了他肖像画创作的可信性,他对人物个性的敏锐把握和在描绘那些早已离世的人物时的艺术说服力;我指出了这些巨幅油画是多么地令人震撼,有时能够产生一种怎样的高贵之气。我想读者可能还没有意识到,在所有的这些评论中我都没有提到过美。美是一个严肃的词,一个至关重要的词。现在的人往往过于轻率地使用这个词了——用它来形容天气,形容微笑,形容一条连衣裙或一只合脚的鞋,一只手镯,一座花园,一段推理;美成了好,漂亮,悦人,有趣的同义词。但美根本不是这些。它远远超出这些。美是非常罕见的;它是一种力量;一种令人欣喜若狂的东西。它不是修辞意义上的"令人屏息";有时它的的确确能带给你那种窒息的冲击感,就好像一头扎进冰冷的水中一样。当最初的冲击过去后你的心会如此狂跳不止,就好像一个犯人听到监狱的铁门在身后哐当一声,而他终于重新呼吸到自由的空气时一样。美的冲击让你感到超越自我,片刻之间你好像在空中漫步一样;它所带来的那种狂喜和释放感是如此强烈,世上的一切似乎都不再重要。它带着你脱离自我,进入了一个纯粹精神的世界。这就好像坠入爱河一样——这其实就是坠入爱河。这种狂喜堪与神秘主义的狂喜比肩。当我回忆起那些让我浑身充斥着如此强烈情感的艺术作品时,我首先想到了我第一眼见到泰姬陵时的情景,想到了相隔多年以后重新见到格列柯的圣毛瑞斯时的感受,想到了西斯廷大教堂里伸出手臂的亚当,想到了美第奇家族墓碑上所绘的日与夜还有圭利亚诺那沉思的身影,想到了提香的《基督入葬》。然而,这样的情感我却从来没有从苏巴郎为教堂祭坛或修道院圣器室所绘的那些极其精湛、技法娴熟、充满尊严、深思熟虑的油画中感受到过。他的画具有伟大的品质,但吸引的是思想,是理性鉴赏,而不是心灵和情感,不像纯粹的美所带来的狂喜那样将它们点燃再击碎。

　　但苏巴郎却有少数一些作品,尽管在尺寸和重要性上都无足轻重,但在我看来却具有某种罕见而动人的美。这些作品我现在打算稍加论述。但在此之前我还必须处理另一个话题。

　　当西班牙人重新发现了苏巴郎并将他封为国家的荣耀时,他们称他为神秘主义画家。这完全不符事实。唐·伯纳迪诺·德·潘托巴曾写过一篇虽然篇幅过于短小但却非常在理的文章,直指这种说法的谬误之处。的确,苏巴郎的大多作品都属于宗教题材;正如我先前指出的那样,神职人员是他的主要主顾,而像他这样认真、单纯的人毫无疑问也是个虔诚的天主教徒。西班牙人一向热衷于宗教——当然是以他们自己的方式——十七世纪时他们的信仰正虔诚得无以复加。那时天特会议①还萦绕在他们的脑海中,宗教裁

---

① 指罗马教廷于1545年至1563年在意大利天特城召开的大公会议,旨在对抗马丁·路德代表的宗教改革运动,是天主教反教改运动的一个重要事件。

判所时刻准备着惩罚任何有异端嫌疑的人。这样一种信仰既热烈感性又严酷残忍。想要知道这样的信仰能够极端到怎样的地步，你只需要读一读卡尔德隆的剧本《十字架的信念》。我们完全可以肯定，苏巴郎一定也是满心虔诚地履行他的宗教义务的。从他为瓜达卢普修道院所画的一幅作品中，你就可以对他的宗教观略窥一二。这幅画描绘的是两个天使因为圣杰罗姆过于钟爱世俗文学而对他实施惩戒的场景。圣杰罗姆双膝跪地，除了一块遮羞布外赤身裸体；两个天使手握鞭子对他毫不留情地一阵痛打，而耶稣基督就坐在不远处的一朵云端上，举起一只手，似乎正在数着鞭数，脸上的表情有一种淡淡的自得。据说这位圣徒的过错就是过于热忱地阅读西塞罗的作品，以至于忽视了上帝的箴言。不敬的人也许会说，圣杰罗姆遭此责罚，只是因为一个作家对于另一个作家的作品在读者群中居然堪与自己的作品比肩而大光其火。但事情的重点在于，这位圣徒显然对自己的罪行深有感触，他那祈求的姿态不但是在恳请原谅，而且表明他完全认为自己遭受的责罚是罪有应得。我想我们甚至可以揣测这也是苏巴郎的看法。

在他的很多幅描绘耶稣基督的作品中，苏巴郎屈从于一种与其秉性相悖的矫揉造作，给了基督一种令人不快的洋洋自得，就像一个时髦教会里自命不凡的教区长。这可不像那位在山上宣讲布道，满怀同情但严厉坚强的先师。但另一方面，苏巴郎的基督受难图却展现了一种完全属于他自己的庄严力量。他丝毫没有去遮掩这一悲剧场景的恐怖。黑暗，暴风骤雨的背景烘托出受难者的孤独。在一幅这样的作品中，基督的头颅下垂，脸庞隐藏在深深的阴影中，奇怪地显露出一种动人的绝望深情。他的身体已经呈现出尸体般的冰冷灰白。在另一幅基督受难图中，基督仰面朝上，向着一个可以说是不听不闻的上帝徒劳地祈求着，这一痛苦的场景具有某种令人心碎的强烈冲击力。这样的作品毫无疑问能够让西班牙人心潮澎湃——这个民族总是着魔般地被救世主的受难场景所深深吸引。

也许是苏巴郎的宗教作品恰恰吻合了他那个年代西班牙人的宗教观，因此能够如其创作初衷那样激起人们的宗教情感。但我想今天的人们就很难被如此打动了。在我看来，到了苏巴郎的时代，宗教信仰已经变得过于形式化、过于僵硬、过于等级分明了，很难让画家像早年的锡耶纳艺术家那样创作出简朴纯真而又充满宗教情怀的作品了。恪守教规已经变成了一种逃脱地狱折磨、赢得永久赐福的手段，而你的精神导师们的任务就是用他们那老生常谈的规章制度向你指出通往天堂之路，必要时甚至为你指明一条捷径。

认为神秘主义本质上必然与宗教相关当然是不正确的。神秘主义体验是一种特定的事物。的确，它有可能源于宗教修行，通常是祈祷与苦修得来的回报；但神秘主义有时还是鸦片、龙舌兰花之类迷幻药的产物，在某些罕见情况下流水的催眠效果，还有美对于某个敏感灵魂的撞击也能催生神秘主义。许多人都曾用十分相似的语言描述过醍醐灌顶时的狂喜，因此我们完全可以肯定它的存在。我不知道那些通过迷幻药或者通过美的撞击体验到神秘主义的人是否同那些通过宗教修行达到这一体验的人一样从中得出相同的结论，但那种感受是相同的——一种解放感，一种与超越自身的事物融为一体的感觉，一种狂喜、一种敬畏、一种脱离了卑鄙、慵懒与短暂的感觉。

既然这样，那么我是否可以大胆地假设，当一个画家，诗人或艺术家神秘地被一种叫做"灵感"的奇怪精神所控制时，忽然间各种想法不知从何处跃入他的脑海，他发现自己认识到了原本就在自己心中但过去从未进入意识的东西，这时他的体验和狂喜中的神秘主义者其实并无二致？

把苏巴郎称作神秘主义者是荒唐的。他事实上是个彻头彻尾实事求是的人，一旦接受了一份工作就要尽其所能把它做好。的确，像其他宗教题材的画家一样，他画了很多狂喜中的圣徒和僧侣。但他用的都是相同的模式。他把他们描绘成大张着嘴，眼睛向上仰望天空，你能看到的只有眼白。这让你有些不安地联想到一条躺在鱼贩子的大理石案板上的死鱼。神秘主义的状态也许无法通过画家的笔来描绘；同样他也无法通过描绘神秘主义来激起观众心中同样的情感，尽管艺术有时能够引发神秘主义。就我而言，当我思索卢浮宫中格列柯的《基督受难图》所描绘的基督血肉，还有夏尔丹的一两幅景物画时，我似乎能够体验到这种神秘主义。这种感觉和你从锡耶纳画派那纯朴的、发自内心的画中所感受到的完全不同。康德曾经说过，崇高并不存在于自然之中，而是通过文化素养深厚之人的感官引入自然的。因此，神秘主义可能也并不存在于画中，而是说某些画具有某种潜能，使得某个具有特定潜质和审美训练的观察者能够向画中注入一股魔力，在他心中激起神秘主义的体验。这样，它们就具有了一种比"令人屏息的美"更加深层的美，一种如此令人震颤、充满活力的美，一瞬间你体验到的那种狂喜，同那些与神灵对话的圣徒心中的狂喜一模一样。

我把苏巴郎似乎说成了一个刻苦、勤奋、能干的画家，画起画来就像细木工做巴格尼奥桌或者陶器工做西班牙-摩尔风格的盘子一样。这的确就是苏巴郎。他不是天才。但另一方面，也许是因为他如此地诚实，真诚，加上他具有优秀的感观能力，能够以如此令人赞叹的细腻描绘出僧侣的白袍，有时他能够在极其罕见的情况下超越自身的局限。这时他战胜了自我。但这不是发生在那些人物有真人大小的巨型油画中，也不是在那些描绘奇迹的画中或是装扮成圣徒的贵妇肖像中，而是在一些小作品里。当你审视他浩瀚的画集时，很容易会忽略这些作品。加的斯博物馆中有几幅加尔都西会僧侣的肖像画,其中一幅是圣布鲁诺,另一幅是圣约翰·霍顿。它们是如此的美,饱含着如此充沛的情感,你不能不觉得他在创作这些作品时一定是充满了灵感。这些画中最动人的是那幅英国加尔都西会僧侣的画像。我之前写过关于这幅画的东西,在这里我就重复一下以前的文章。我确信这位给苏巴郎做模特的僧侣是英国人,而非西班牙人。我曾经无意间问过自己,我的这位同胞,为了另一个英国人的肖像而给画家做模特,他究竟是谁。在他身上有一种显露出良好教养的优雅和轮廓鲜明,线条匀称的五官,就像你时常能在某个绅士出身的英国人身上看到的那样。他那剃过的头颅上仅剩的一点头发似乎是红褐色的,由于长期斋戒而过于消瘦的脸庞上有一种不安、热切的张力。他的面颊蒙着一层激动的红晕。他的皮肤比象牙色暗,但带着象牙的那种柔软的暖色调;比橄榄色白,但带着橄榄色的那种病态的细腻。他的脖子上围着一条打结的绳子,一只已经残废的手紧贴在胸前,另一只手中攥着一颗滴血的心。

在好奇的驱动下我找到了画中这位圣徒的身世。他于1488年出生于埃塞克斯的一个古老的世家。接受完教育后,他的父母为他安排了一个与他的地位相符的婚姻。但他下定决心要守身如玉,把自己全身心奉献给上帝的事业,于是秘密离开了父亲的居所,躲进了一位虔诚修士的家中,直到他被任命圣职为止。四年之后,他开始行使教区牧师的职权。二十八岁时,由于向往更为完美的生活方式,他加入了加尔都西修会。1530年他被任命为伦敦加尔都西修道院院长。三年之后安妮·博林加冕成为英国王后,钦差大臣要求约翰·霍顿宣布亨利八世同阿拉贡的凯瑟琳的婚姻为非法①。他

---

① 阿拉贡的凯瑟琳是亨利八世的第一任妻子。由于未能为亨利八世生育男嗣,国王坚持与她离婚,违背了天主教禁止离婚的法则。这成为亨利八世与罗马教廷决裂的导火索。

拒绝了,结果被关进了伦敦塔。双方后来达成了一个似是而非的妥协,约翰·霍顿得以获释。但第二年,卑躬屈膝的议会颁布法令,宣布国王是英国教会的最高领袖,所有质疑该法令的人都将被认作叛国者。约翰·霍顿和他的两个副院长拒绝宣誓承认该法令的效力,结果三人同被指控叛国罪。陪审团不愿将如此虔诚的人定罪,但在国王代表克伦威尔的逼迫下不得不做出有罪判决。他们被判绞刑并被肢解。约翰·霍顿首先走上绞架。他的脖子上被套上一根粗绳,因为粗绳绞杀比细绳来得更慢。约翰向人群发表完讲话,脚下的梯子就被抽走。不等他断气绳子就被割断,他掉在了地上。行刑人把他拖离绞架,剥光衣服,把心脏连同五脏六腑都从他身体里扯了出来,扔进火里。

我们无法知道,苏巴郎作这幅画究竟是为这个悲惨的故事异常动容,还是因为这个模特身上的某些特质格外吸引着他。但不管怎样,当他画下这位年轻的僧侣时,出于某种幸运的巧合,他的画笔产生了美。这时他已不再是那个冷静、清醒、实际的匠人了,而是一位伟大的画家。这时,在灵感的激发下,他画下了一幅充满神秘主义激情的作品,同样的激情也跳动在十字圣约翰[1]的诗篇中。

但并不仅仅只有这时苏巴郎才能达到你始料未及的高度。我先前提到过,苏巴郎在学徒期时不允许用裸模作画,因此可能画了很多的静物画。这些作品都已失传。但很显然,此后他对构成静物画主题的静物一直怀着特殊的感情。例如在那幅圣雨果探视加尔都西修会僧侣的画中,他对桌上的面包,盛放食物的碗和盛水陶罐的描绘都带着一种如此细腻的亲密感和如此深刻的洞察力,这些事

---

[1] 16世纪后半叶的西班牙僧侣和神秘主义诗人,天主教改革运动的重要人物,他的诗篇被认为是西班牙神秘主义文学的巅峰。

物似乎象征着超越自身的某种东西。时不时地苏巴郎就会作一幅静物画，也许是作为放松或调剂。其中一幅现存于普拉多美术馆。它描绘的是黑色背景下的两只碗和两只大水罐，在桌子上排成一排，两只碗放在盘子上。除此以外再无他物。它就像苏巴郎的所有作品一样简约直接，但却有一种令人震撼的美，就像那幅圣约翰·霍顿的肖像一样美，令你的心中充满了同样强烈的情感。去西班牙的游客一定会注意到一件事，那就是西班牙人对待小孩的方式。不管他们有多累人、多讨厌、多任性、多吵闹，西班牙人似乎从不会对他们失去耐心。在我看来，这就像是苏巴郎描绘这些简朴的家居用品时的那份温柔，而他的温柔也让这些物品奇迹般地动人，赋予它们以神秘主义的品质——而相同的品质也弥漫在那些加的斯僧侣的肖像画中，如果你有能力感受到这一点的话。正是凭着这些肖像画，这幅静物画，还有那幅基督受难图，我想人们才能把这位苍老憔悴，仰望着救世主的画家称作是一位大师。

考虑到他庞大的创作量，也许这几幅作品的数量实在不多。但这些已经足够了。艺术家不需要背着沉重的行囊才能找到流传后世的路。几幅画，一两本书就足够了。艺术家的功能是创造美——尽管这在我看来并非他创作的直接动机——而非像某些人认为的那样是揭示真理。不然的话，三段论就比十四行诗更重要了。但常常艺术家能做到的也仅仅是暗示美或接近美，而门外汉只要能产生愉悦也就该知足了。只有当精湛的技艺，深刻的情感和好运在极其罕见的情形下结合在一起时，艺术家——不管是画家还是诗人——才能创造出美，它释放的情感就像圣徒在祷告和苦行中获得的狂喜一样。这时他的诗和画带来的是一种解脱感，一种激越，一种幸福，一种精神的解放，就像神秘主义者同上帝融为一体时感受到的那样。对我来说像苏巴郎这样一位勤劳，诚实，脚踏实地的人在他漫长的一生中居然能够在这样几个短暂的时刻神奇地超越自我,确凿无疑地创造出了美,真是令人无比动容。这就像是上帝的恩泽沐浴在了他身上。

侦探小说的衰亡

I

辛苦劳累了一天后,夜晚终于属于你一个人了。这时你驻足书架前,考虑着晚上该读些什么。你会从书架上取下《战争与和平》、《情感教育》、《米德尔马契》或是《追忆逝水年华》吗?如果你会,那我对你深表敬意。或者,你想要跟上现代小说的潮流,拿起一本编辑寄来的小说,书中叙述了一个中欧人流离失所的悲惨故事;或是打开一本评论推荐的小说,书中毫不留情地披露了一个路易斯安那州底层白人的生活。如果这是你的阅读品味,那我向你表示衷心的赞许。对我来说,所有的经典巨著我都已经读过不下三四遍,因此它们再也没法教会我什么了;另一方面,要我读完四百五十页印得密密麻麻的纸张,探寻书中一个女人赤裸的灵魂,或是让格拉斯哥贫民窟的骇人生活(用的全是苏格兰土腔)震荡我的神经,就像封套上说的那样,我也实在是没有兴趣。这时我会选择侦探小说。

上一场战争爆发时我发现自己被囚禁在了邦多,一处靠近里维埃拉的海滨度假村——我必须声明,囚禁我的不是警察,而是时事使然。事实上我当时正在一艘帆船上。和平时期她正停泊在维勒佛郎什,但海军当局命令我们离港,我们便起锚驶往马赛,途中遇到了风暴,不得不停靠在邦多躲避,那里恰好有些码头设施。当时个人的行动范围正受到当局限制,人们不允许前往就在几英里开外的土伦港,除非你愿意填上一大堆表格,递交许多张照片,再经历一段漫长的等待最后领到一纸许可。而我只能既来之,则安之。

来此地避暑的游客此刻都已落荒而逃,度假村显露出一副令人惊诧的荒废相。赌场,大部分旅馆和许多店铺都已关门。但那些日子我过得倒也惬意。每天早上都能在文具店买到《小马赛》和《小瓦尔》,喝上一杯牛奶咖啡,再去逛逛市场。我找到了性价比最高的黄油和全市最好的面包店。我还曾使出浑身解数哄一个乡下老妇留给我半打新鲜鸡蛋。我还发现一大坨菠菜烧熟了会缩得只剩一点点。当我发现一个靠满脸真诚吸引我光顾的小贩结果卖给我一只烂熟到无法入口的甜瓜,或是一块硬得像砖头一样的喀曼波特软奶酪时(而她之前曾用真诚到颤抖的嗓音向我一再保证这块奶酪刚好"五分熟"),我再次为自己对人性的无知感到困惑。每天早上十点钟,文具店很可能还会进英文报纸——虽然是一个星期以前的,而我照样读得津津有味。

每天中午十二点有从马赛发来的无线电新闻。听完新闻便吃午饭,然后打个小盹。下午我在甲板上来回散步锻炼身体,或是站着看老人和孩子们没完没了地玩着保龄球(其他人都走光了)。五点钟有从马赛发来的《太阳报》,我就再读一遍早上在《小马赛》和《小瓦尔》上读过的东西。之后就只有晚上七点半的无线电新闻了。黄昏时我们就得进屋关门,只要向外面漏出一丝光,码头的防空巡逻员就会大声警告,严肃地命令我们把光遮掉。这个时候你什么都做不了,只能读侦探小说。

我那时手头有这么多的闲工夫,正是读上一本伟大的英语文学里程碑式作品,充实一回思想的好时候。我只断断续续地读过一点《罗马帝国衰亡史》,前后加起来不过一章。我一直向自己保证,总有一天要把它从头到尾一字不差地读一遍,从首卷的第一页直读到末卷的最后一页。现在可真是个天赐良机啊。但一艘四十五吨级帆船上的生活虽然舒适,但却缺少安宁。客舱的隔壁就是厨房,水手们正在那儿做晚饭，锅碗瓢盆响个不停，边做饭还边扯着嗓门讨论他们的私生活。其中一个水手进来拿一罐汤或是一罐沙丁鱼，突然想起来得把发动机开上，不然要停电。这时客舱服务生从甲板扶梯上踢踢踏踏地走了下来，说他抓住了一条鱼，你要不要煮了做晚饭，接着又进屋来铺桌子。这时对面的船长冲着这边招呼了一嗓子，接着一个水手就从你头顶的甲板上踩过，上船来找他想要的东西。这两个人言谈甚欢，你没法不去听他们说话，因为两个人都扯足了嗓门。在这种环境中想要集中注意力阅读是极其困难的，我觉得如果真的在这种情形下打开这本著作，那才是对吉本的大不敬。必须承认，我还没有心静如水到这种地步，能在此时此刻饶有趣味地阅读这本书。事实上那个时候《罗马帝国衰亡史》是我最不想读的一本书了——幸运的是我也没弄到这本书。而另一方面，我手头正有大把的侦探小说，而且总能拿去和其他的船东交换着看，他们的船由于类似的原因也正抛锚在码头上呢；更何况文具店里也总能买到不计其数的同类小说。因此在邦多的四个星期里，我每天都读两本侦探小说。

这当然不是我头一次读这类小说，但却是我头一次如此海量地阅读。一战中的另一段时间里，我因为染上了肺结核躺在北苏格兰的一座疗养院里，在那儿我发现了卧病在床是一件多么愉快的事——脱离了生活的重负带给你一种美妙的解放感，催生着各种奇思妙想和胡思乱想。从那以后只要我能让自己心安理得，一有借口就会上床"休养"。感冒头痛是种令人痛苦的疾病，为此你还得不到半点同情。那些同你接触的人都会心怀忐忑地望着你——不是担心你发展成肺炎一命呜呼，而是害怕你把病传染给他们。他们几乎毫不掩饰心中的埋怨，怨你把他们暴露在危险之中。因此，只要染上感冒，我能做的就是立刻上床，手头备好阿司匹林，一瓶热水，外加半打侦探小说，我就准备好了不得已而为之地上床"疗养"了（尽管这里"不得已"的成分和"疗养"的好处都有待商榷）。

我读过的侦探小说数以百计，有好有坏，除非实在是不忍卒读，不然我一般都会从头到尾读完。即便如此，我也只敢说自己是个业余爱好者。我在后文中与读者分享一点自己的心得体会时，疏漏之处在所难免，对此我完全心知肚明。

首先我要区分惊险小说和侦探小说。我只在无意间读到过惊险小说，那是因为我有时会被书名或封皮误导，以为打开的是一本犯罪故事。它们是各种少儿读物的杂交混合，就是亨提和巴兰坦的那类作品，在我们年少时也曾带给我们欢乐。而这类书当下的流行大概就是因为有一个庞大的成年读者阶层，他们的思维依然停留在青春期。而我对那些一身蛮勇的男主人公和那些历经千难万险，在小说的最后一页和英雄终成眷属的女主人公向来是嗤之以鼻的。我讨厌前者那紧绷着的上嘴唇，而后者的轻佻令我发抖。我时常对这些书的作者感到隐隐好奇。他们究竟是受到了神明启示，还是在某种精神痛苦的鞭笞下写下这些东西的，就像当年福楼拜写下《包法利夫人》一样？我拒绝相信他们是处心积虑地坐在那里，玩世不恭地盘算着怎么写本东西发大财。如果真是这样，那我也不怪他们，因为这样谋生可比上街卖火柴整天日晒雨淋的要舒服多了，也胜过了在公共厕所里当服务生——那种工作只能让你看到人性的一个极其狭窄的断面……我更愿意相信，这些作者是人道主义者，当他们想到义务教育创造出了这样庞大的一个读者阶层时，心中充满了创作的动力。就这样，他们讲述着火灾与船难，列车脱轨，飞机迫降撒哈拉，走私犯的山洞，鸦片魔窟，邪恶的东方人，希望以此逐步引导读者有朝一日能够欣赏简·奥斯丁……

我在接下来的篇幅中想要讨论的是犯罪故事,尤其是谋杀。偷窃和欺诈也是犯罪,而且也有可能需要高超的侦探技艺,但它们没法引起我浓厚的兴趣。从绝对论的角度来看(对于这类小说而言绝对论是一个恰当的视角),被偷的珍珠项链不管是价值两万英镑还是在沃尔沃斯花了几先令买的,这都没有区别;而欺诈,不管是骗了百万英镑的巨款还是三块七毛六分钱,都是同样肮脏的行径。犯罪小说家不能像那个乏味的古罗马人一样说人性的一切对他都不陌生;人性的一切对他而言都是陌生的,除了谋杀。谋杀理所当然是最为人性的犯罪行为,因为在我看来每个人都在某个时刻动过这个念头,只是因为畏惧刑罚或是害怕自己的良心折磨(也许这第二种顾虑其实是多余的)才没有动手。但谋杀犯却勇于承担令我们踌躇不前的风险,绞架的阴影给他的行为投下了一分阴郁的难忘。

我认为侦探小说家应该对谋杀的数量严格控制。一场谋杀是最完美的,两场还可以接受,尤其当第二场是第一场的直接结果时;但如果作者只是因为担心破案调查正趋于乏味就贸然引入第二场谋杀来活跃气氛,那可就大错特错了。当谋杀超过两起时,谋杀就变成了屠杀。一起接着一起的血腥死亡与其说让人战栗,不如说让人发笑。在这一点上,美国作家更容易犯错——他们很少满足于一场,甚至两场谋杀;他们成群地枪杀,捅杀,毒杀,棒杀受害人,把整本书变成了一片屠宰场,给读者一种被人耍弄的不悦感。这是件令人遗憾的事,因为美国民族混杂,生活中涌动着各种暗流,因此比起我们自己那安稳,乏味,守法的国度,她的活力,她的冷酷,她的冒险精神无一不为小说家提供了一个远为多样且充满灵感的背景。

II

　　侦探小说的推理模式很简单：凶案发生，嫌疑产生，发现真凶，绳之以法。这个经典模式包含了一个精彩故事所需的所有元素——有开头，有发展，有结尾。这个模式最早是由爱伦·坡在《摩格街谋杀案》中创立的，许多年来一直被后人悉心沿袭。《特伦特的最后一案》长久以来一直被认为是这一模式的完美典范。这本书的语言风格比当下流行的同类小说更轻松诙谐。它用流畅道地的语言传达出令人愉悦的轻快，带着一种自然的幽默。对 E·C·本特利先生来说，不幸的是，采集指纹虽然在他那个年代还鲜为人知，可在当下却已成为警方探案的标准流程。自这本书问世以来指纹已被无数作家写了又写，以至于本特利先生花在这一情节上的浓重笔墨现在看来已经失去意义了。而侦探小说的读者也愈发地精明。每当一位文雅，慈祥，似乎绝无作案动机的老人出现在他们面前时，读者会毫不犹豫地指认他为真凶。你只要读上几页《特伦特的最后一案》，就可以非常肯定地认出库伯先生是凶手。不过你依然能够带着"他为什么要杀害曼德森"的疑问兴致盎然地读完此书。本特利先生故意违背了侦探小说的一条定律：凶案的事实应当在侦探对质凶手时当面揭穿。如果库伯先生没有自愿说出真相，秘密是永远不会揭开的。他当时恰好在那个特殊的情境下藏匿在那个特殊的位置，出于形势所迫不得不自卫开枪打死了曼德森——必须承认的是，这简直是不可能的巧合。而案发时的情形也同样不可信。一个头脑精明的商人精心策划自杀方案，为的就是要让自己的秘书上绞架——这听起来太匪夷所思了。在这里援引著名的坎普登案来为作者辩护是徒劳的——在那起案件中，约翰·皮利指控自己的母亲、兄弟和他本人谋杀了一个后来被发现还活着的男人，为的就是让亲人上绞架,甚至不惜搭上自家性命——真实生活中发生过的事件并不意味着它适合作为小说题材。生活中充满了不可思议,而小说对此是拒不承认的。

对我来说《特伦特的最后一案》中最大的谜团是,一个家财万贯的男人,拥有一座至少十四个房间的乡间别墅和包括六名仆人的内勤人员,可他的花园竟然如此之小,只需一个村民每周过来两天就能料理得了。

尽管我先前说过,侦探小说的理念很简单,可这条创作之路上却隐藏着无数的明枪暗箭。作者的目标是阻止你发现凶手的身份,直到你读到小说的最后一页;为此他可以使出浑身解数。但他必须和你公平竞争——凶手必须是一个在故事中占据重要地位的人物,不能藏在某个阴暗的角落里,或是戏份少得你自始至终都不会注意到他。可另一方面,一旦凶手在叙事中崭露头角,那他就有可能会引起你的兴趣,甚至是同情,这样一来你反倒不愿见到他最终被绳之以法,送上绞架了。同情心是个很难捉摸的东西,常常会违背作者的意愿倒向他本不希望你同情的人物。(我相信简·奥斯丁的本意是想把亨利和玛丽·克劳福德树作反面角色,期待读者唾弃他们的轻浮与无情。可她却把这两人塑造得如此无忧无虑,魅力四射,以至于和一本正经的范尼·普莱斯还有自以为是的埃德蒙·博特伦相比,你反倒更喜欢亨利和玛丽。①)读者会很自然地同情那些最早出现的人物。这不但适用于侦探小说,也适用于其他各种题材。这其中的道理是,如果读者在小说前十页中关注的人物随着故事的展开反倒淡出了视野,那读者会不由得觉得自己被绑架了。我想这条规律值得侦探小说的作者们注意——不要让小说中最早出现的

① 奥斯丁名著《曼斯菲尔德庄园》中的主要人物。

几个人物做凶手。

很显然,如果凶手刚一出场就人见人厌,那么不管作者后面怎么大使障眼法,你都会不由地对他起了疑心,这么一来故事还没开始就已经结束了。为了避开这个两难问题,作者有时候把所有的——或大多数人物都塑造得面目可憎,这样你至少要做道选择题。不过这里有个问题——对现代人来说,要像维多利亚时代的人那样相信世上有彻头彻尾的坏蛋是件很困难的事。我们知道人性中有好有坏,因此当呈现给我们的是百分百的善良或百分百的邪恶时,小说人物就显得不可信了,而这时的作者就已失去了读者的心——我们已不再关心他如何操纵那些木偶了。作者必须让他笔下的谋杀犯和我们所知道的普通人一样亦恶亦善,与此同时又必须做到当罪行大白时,我们乐意见到凶手被送上绞架。一种处理方法是让凶案的性质极其残忍恶劣。当然我们这时可以质疑,一个人性中还稍有亮色的人怎么可能犯下如此的滔天罪行。不过这还只是作者所要面对的麻烦中最小的一个——因为没有人(在读侦探小说的时候)会同情受害人。他不是在小说开场以前就是在故事刚刚展开之时便死于非命,你因而对他知之甚少,自然不会对他本人产生多少兴趣;他的死对你来说和杀掉一只鸡也没多大区别。因此不管谋杀方式有多么残忍,读者对于他的死都无动于衷。况且,如果嫌疑人不止一个,那么这桩谋杀一定有着多个(可能的)动机。被害人由于自身的过错——不管是愚蠢、蛮横、贪婪,还是其他什么罪过——是如此地令人厌恶,以至于他的死丝毫不令你难过——甚至可以说他的被害是咎由自取。一旦我们承认了干掉他也未尝不是件好事,那我们可就不那么乐意见到凶手被送上绞架了。为了解决这个难题,有些作者让凶手在东窗事发后选择自杀。这既符合以命偿命的止义原则,又免去了刽子手的绞索,免得有些读者会黯然神伤。总而言之，凶手当然应该是坏蛋，但又不能坏得一目了然，坏得让人难以置信；其作案动机要令人信服，同时凶手其人又要足以令人义愤填膺，这样当真相大白之时读者才能欣然目送他被推上绞架。

这里我想要再多说两句作案动机。我曾经访问过作为罪犯流放地的法属圭亚那。尽管我曾在其他文章谈到过这次经历，但我估计很少有人会读完我的全部作品，而这个例子放在这里又恰到好处，因此我不妨重复一下自己。岛上那时至少有三座监狱，罪犯们根据其犯罪性质被分别押往对应的监牢。圣洛朗·德·马罗尼关的全是杀人犯。这些人由于陪审团在判决中认定有从轻情节，因而得以免遭死刑，改为长期监禁。我曾经花了整整一天时间挨个询问他们的犯罪动机，而罪犯们也乐得开口。表面上看有些人似乎是出于爱情或嫉妒而杀人。他们有的杀妻，有的杀了姘夫或姘妇。不过我只多问了两句就发现最终的杀人动机依然是钱。一个男人杀了妻子，因为她把自己的钱花在了情夫身上；另一个人杀了情妇，因为她妨碍了他缔结一桩利润丰厚的姻缘；还有一个人同样杀了情妇，因为她威胁向自己的妻子透露两人的关系，以此敲诈他的钱财。即便是在与性无关的谋杀案中，金钱依然是主导因素。有人抢劫杀人，有人因遗产分割产生纠纷而杀死兄弟，还有人因分赃不均而杀死同伙。一个阿帕奇人杀死了同居的女人，因为她向警察出卖了自己；另一个人在一起酒后斗殴事件中为一名己方帮派成员复仇而杀死了一名对立帮派的成员。

我还从没有遇到过一起可以被严格地称为"冲动犯罪"的谋杀。当然，也有可能是这样的谋杀犯被陪审团宽大地赦免了，或是刑期很短，因此没有被押到圭亚那来。除了金钱，另一个常见的动机是恐惧。一个年轻的牧羊人在田野里强奸了一个小女孩。当女孩大声尖叫时他出于恐惧掐死了她。一个处境优越的男人杀了一个女人,因为她发现了自己曾经因欺诈而锒铛入狱的过去,他害怕那女人会把这段经历告诉他的老板。

由此可见,可供侦探小说家们利用的最合理的杀人动机无非是金钱、恐惧还有复仇。谋杀是桩可怕的勾当,杀人犯必须承受极大的风险。因此读者很难相信一个人会因为心爱的姑娘爱上了别人,或者因为银行的同事爬到自己头上而杀人。摆在谋杀面前的赌注必须非常高昂。作者的任务就是让你相信为了这些赌注而杀人是值得的。

Ⅲ

侦探小说中和谋杀犯同等重要的人物当然是侦探。每个侦探小说的热心读者都能报出一长串著名的侦探来,不过这当中最出名的毫无疑问是夏洛克·福尔摩斯。几年前我为了准备一本短篇小说选集,特意重读了一遍柯南·道尔的故事集。我很惊讶地发现他写得真是太糟糕了。故事的引子很好,布景也很棒,但故事本身却太单薄了,读完故事后你甚至都没回过味儿来——真是雷声大,雨点小。尽管如此,我起先还是认为有必要在这本选集中收入一篇柯南·道尔的作品。但我发现对于聪明的读者来说他的作品没有一篇能令人满意。可无论如何,夏洛克·福尔摩斯确实是抓住了大众的心。在文明世界里他的名字家喻户晓。有人从未听说过威洛比·帕特尼爵士、贝尔杰雷先生或韦尔杜兰夫人①,可他一定听说过福尔摩斯。作者用生动的粗线条勾勒出这个戏剧化的人物,并坚

---

① 分别为乔治·梅瑞狄斯《利己主义者》、阿纳托尔·法朗士《贝尔杰雷先生在巴黎》和马塞尔·普鲁斯特《追忆逝水年华》中的主要人物。

持不懈地靠着一遍遍的重复把这个人物独特的怪癖深深烙在了读者的脑海中——这种策略和成功的广告大师推销肥皂啤酒香烟时的手法如出一辙,其效果也是立竿见影。读完五十篇福尔摩斯后你对他的了解一点也不比你读第一篇时多,但面对这种永不停歇的唠叨你的抵抗最终崩溃了。就这样,这个戏剧化的假人在你的想象中获得了堪比伏托冷和密考伯先生①的生命力。没有哪部侦探小说能像柯南·道尔的作品那样广受欢迎。鉴于夏洛克·福尔摩斯是出自他手,我想就凭这点也不得不承认他确实可以当此盛名。

侦探有三类。一类是警探,一类是"私家密探",还有一类是业余侦探。业余侦探长久以来一直广受欢迎,而侦探小说家们也一直挖空心思地想要创造一个可以一遍遍使用的侦探形象。警官通常是缺乏个性的传统人物——当他展现出最美好的一面时,他机警,敬业,理性;不过大多情况下警官都是个缺乏想象力的老顽固,因此理所当然地成了突出业余侦探聪明才智的陪衬。作者往往赋予业余侦探许多独特的个性,努力让他看起来像个有血有肉的人。他有时竟然发现了连苏格兰场警探都未能察觉的线索,从而证明了"业余的"比"专业的"更聪明,更能干。而这一点在一个有着怀疑专家传统的国度中自然能赢得读者的认同。警官和业余侦探间的冲突富有戏剧性。尽管我们自己都是守法的公民,可我们依然乐于见到权威最终被嘲弄。幽默是作者赋予业余侦探最重要的个性。你可能会想,读者一被逗乐,情绪就产生了波动,这样等读到惊险之处时他的反应会更激烈;可这并不是作者的目的。作者这样做有着更重要的原因。业余侦探——凭着机智也好,凭荒唐可笑的言行举止

---

① 分别为巴尔扎克名著《高老头》、《交际花盛衰记》和狄更斯名著《大卫·科波菲尔》中的重要人物。

也罢——之所以有必要引得读者捧腹开怀,是因为你会自然而然地同情一个能把你逗乐的人物,而这一点对作者至关重要,因为他必须使出浑身解数向你隐瞒一个再明显不过的事实:这业余侦探是条多管闲事的狗。

他先会摆出一副为了正义无私奉献的模样。如果这种伪装对于侦探小说的读者来说太过虚伪的话,那就说是探索的热情支配了他。可事实上,他不过就是爱管闲事,东张西望,对与自己无关的事情横插一杠,介入那些任何本分之人都应移交司法机关秉公处理的事务。作者只有通过赋予他令人愉悦的举止,健美的体格,可爱的个性才能让这个人物为读者所接受。最为重要的是,他必须言谈幽默。不幸的是,侦探小说作家中很少有人具备精妙的幽默感。一个把法文生硬蹩脚地直译成英文的人物难道就能让人发笑吗?一个经常引用——或误引老套诗句,或是满口浮夸做作的人物,难道就称得上幽默吗?操一口约克郡方言或爱尔兰土腔难道就能让人笑破肚皮吗?如果真是这样,那幽默家的身价就该两分钱一个了。那样的话P·G·伍德豪斯先生和S·J·帕尔曼先生也就没法谋生了。我盼望着哪篇小说能把业余侦探的可鄙之处暴露无遗,并最终让他罪有应得。

我认为试图在侦探小说中引入幽默是错误之举。尽管我看不出这样做的必要,不过这算能勉强接受。可另一方面,我实在无法忍受在侦探小说中插入爱情。爱也许能让地球旋转,可那不是在侦探小说的世界里;在这里爱会让一切都乱了套。我根本不在乎最终是谁赢得了姑娘的芳心——是那个绅士风度的私家侦探,是首席警探,还是被诬告的主人公。在侦探小说中我要的只是"探案"。故事的脉络应该很清晰:谋杀,询问,怀疑,发现,惩罚;而年轻女子与青年绅士间的爱情——不管那姑娘有多么迷人,也不管那绅士的下巴多么富有男人气——终究是令人厌恶的跑题。爱当然是人类行为的一个重要源泉,可以产生嫉妒,恐惧或受伤的虚荣心。这当然符合侦探小说作者的写作目的,可另一方面它却缩小了调查进行的范围——在一个侦探故事中能够感受到爱情魔力的至多不会超过两三人。而且,如果爱情真的是杀人动机,那谋杀就成了情杀,而杀人犯也就不再显得那么十恶不赦了。另一方面,如果作者仅仅是在解密的过程中插入一个美丽单纯的爱情故事作为调剂,那他就犯了一个无法原谅的品味错误。婚礼的钟声在侦探小说中没有位置。

我想作家们常犯的另一个错误就是让谋杀手段显得过于荒诞不经。由于这类故事产量非常庞大,因此作者们很自然地想要通过描述离奇的谋杀手段来激起读者早已疲倦的好奇心。我记得读过一部侦探小说,其中的数起谋杀案都是通过在游泳池中放入毒鱼来实施的。在我看来,这样的创造力是用错了地方。我们知道,一件事情的可能性是相对的,而我们是否接受它才是检验的最终标准。在侦探小说中我们可以接受很多事情:我们可以接受谋杀犯在犯罪现场留下了一截非同寻常的香烟头;接受他留下了一个特殊的鞋印;接受他在被害女士的房间里到处乱撒指纹。我们还可能屋顶起火,葬身火海;可能被仇敌开车碾压;可能被推下悬崖;但我们无法相信自己会在多切斯特被一条神不知鬼不觉放入卧室的鳄鱼给撕成碎片,也无法相信在我们游览卢浮宫时一个恶棍能通过某种魔鬼设计让米罗的维纳斯突然倒地,把我们砸成扁鱼。在我看来传统的谋杀方式依然是最好的——刀、枪、毒药依然是最可信的作案工具。谁都有可能成为它们的牺牲品,而我们自己偶尔也会用到这些家伙。

一流的侦探小说家总是用流畅的语言向你提供事实和推理,绝不装腔作势。漂亮词藻在这里是没有用处的。当我们急切地想要知道那个男仆下巴上的瘀伤作何解释时,我们不需要一段瑰丽的语言来分散我们的注意力。同样,当我们唯一想知道的是从磨坊水槽上的船库走到矮林另一边的猎场看守人小屋需要几分钟时,我们也不需要来上一段景物描写。此刻在我们眼中河边的报春花一钱不值。这里我顺便提一句:当小说需要我看地图了解地区地貌或房屋布局时,往往令我兴味索然。同样侦探小说也不需要博学。在我看来对博学的偏执导致了当代最富创造力的一位侦探小说大师的陨落。我听说她是位学识卓越的女人,对于我们大多数人一无所知的事物有着惊人的了解。可尽管如此,我觉得她最好还是把这些知识留给自己。当然,对于侦探小说家来说,尽管他们的作品人人爱读,跨越了各个阶层,可这并没有给他们带来多少尊重。切尔西,甚至是梅菲尔的午餐会可曾向他们发出过邀请?出版商举办文学沙龙时,有哪位客人会兴奋地向同伴指着他们?甚至没有几个侦探小说家算得上是有名有姓的,其余的人都隐没在默默无闻之中。

因此,侦探小说家们自然要怨恨那些一边贪婪地读着自己的作品,一边又摆出高人一等模样的读者。一旦有机会向这些小看自己的读者展示学识和教养,他们当然不会放过。他们想要告诉那些傲慢的人:自己的学问不逊于任何一位皇家文学院院士,文采比得上所有的作家协会会员。这虽在情理之中,却并不是明智之举。侦探小说家们应该有充分的自信,不要去管别人的看法。他们当然应该有宽广的知识面,但请牢记:一个"衣着体面"的男人究竟穿的是什么你无需费心。侦探小说家的修养绝不能分散他对主题的注意力,而这个主题永远是揭开一桩谋杀案的秘密。

这里我要请侦探小说家们少安毋躁。未来的文学史专家们在谈到英语世界在二十世纪上半叶的小说时,很可能会对那些所谓"严肃"小说家的作品一笔带过,转而浓墨重彩地突出侦探小说家们浩瀚丰富的成就。专家们首先就要承认这类小说旺盛的人气。如果他们对此的解释是：识字率的上升催生了一个庞大的读者阶层，虽然阅读需求旺盛，但奈何教育程度不高，结果全都迷上了"谁干的"——那他们可就错了。他们必须承认，侦探小说的读者中也包括有学识的先生和有品味的女士。我对这个现象的解释很简单。侦探小说家的任务就是讲故事，而且他们的叙事很简练。他们必须抓住并保持读者的注意力，因此必须尽快入题。他们必须激起好奇，制造悬念，并通过引入事件来维持读者的兴趣。他们必须设法让读者同情应该同情的人物，而做到这一点所需要的聪明才智可不简单。最后，他们还必须让故事达到一个完美的高潮。总而言之，他们必须遵守"讲故事"的自然法则——这些法则自从某个聪明人在以色列的帐篷里讲了约瑟①的故事以来，就一直被后人所遵守。

　　可当今的"严肃"小说们却很少有故事讲，甚至干脆没有；他们已经设法让自己相信，故事在他们的艺术实践中是个可有可无的元素。就这样他们扔掉了人性中最为渴望的东西——听故事的渴望可以说和人类一样古老。因此，如果说是侦探小说家偷走了他们的读者，那严肃小说家们就只能怪自己了。而且，这些人还啰嗦得令人无法忍受。他们当中很少有人明白，一个主题只能发展到一定的程度，因此这些人会花上四百页的篇幅向你诉说原本一百页就能说完的东西。当下流行的"心理分析"让这习惯变本加厉。在我看来对心理分析的滥用损害了当今的"严肃"小说，就像当年对景物描写的滥用损害了十九世纪的小说一样。今天我们已经明白，写景应当简洁，其唯一目的只能是为了情节发展需要——心理分析也一样。总而言之，侦探小说尽管有着明显的缺陷，可凭着自身的优势

---

① 约瑟的事迹详见《圣经·旧约·创世记》。

却依然被人广为阅读;而严肃小说尽管有着引人注目的优点,可由于其严重的缺陷,相形之下依然鲜有读者。

IV

目前为止我讨论了建立在爱伦·坡的《摩格街谋杀案》所确立的原则基础之上的简单侦探故事。在过去的半个世纪中诞生了数千部的侦探小说,而它们的作者们更是用尽了各种可能的途径试图让自己的作品在表面上呈现出新意。我已经提到了各种古怪的谋杀手段。作者们毫不犹豫地利用各种新奇的科学和医学发现。他们用尖利的冰柱刺死受害人,用电话电击受害人,把气泡注入他们的血管,用炭疽杆菌感染他们的剃须刀,用毒邮票让他们一舔毙命,用伪装在相机里的枪打死他们,甚至用不可见的死亡射线射死他们。但这些夸张的方法都太不可信。

当然,有时作者们也会展现出令人钦佩的巧思。他们最巧妙的一个创意就是人们所说的锁屋之谜:一具显然被谋杀的尸体在一间内部反锁的屋子内被人发现,因此凶手似乎既不可能进来,也不可能出去。爱伦·坡首先在《摩格街谋杀案》中创造了这个案例。令人惊讶的是,评论家们居然从未察觉到他对这个谜案的解释显然是错误的。读者们应该还记得,书中邻居们被一阵可怕的尖叫惊醒,冲入那座案发的房屋,结果发现住在房中的一对母女已经被人谋杀了,而女儿被发现倒在一间内部反锁的房间内,窗户也从里面牢牢地关死。杜潘先生最后证明,杀死这对母女的巨猿是从敞开的窗户中跳出的,而野兽跳出时带动窗户在惯性的力量下自己关上了。任何一个警察都能告诉作者,两个法国女人——一个年迈,一个中年——是绝对不会任由窗户敞开,放入夜晚的污浊空气的。不管巨猿是怎么进入房间的,它绝不是从敞开的窗户中跳出去的。这一设计后来又被卡特·迪克森采用过,但他的成功又引来了无数的模仿者,以至于它现在已经索然无味了。

侦探故事也用尽了所有的背景——苏塞克斯的乡村别墅里的聚会,长岛或是佛罗里达,自从滑铁卢战役后就默默无闻的寂静村庄,被困在暴风雪中的赫布里底群岛上的城堡……还有破案的证据——指纹,脚印,烟蒂,香水,脂粉。还有被侦探破解的不在场证据,无声的狗——证明它和凶手很熟悉(我想这最早是柯南·道尔的创造),被侦探破解的密码信,一模一样的双胞胎,还有秘密通道。读者已经对那些在荒弃的走道里无故游荡的女孩儿还有被蒙面人兜头打晕的桥段感到厌倦了,当然还有那些坚持陪伴侦探踏上危险的旅程,结果把他的计划搅得一团糟的女孩儿。所有这些背景,这些线索,这些谜团都已经被彻底用尽了。对于这一点,作者们当然非常清楚。他们的对策是试图通过越来越夸张的创意来为这些讲过上百遍的故事带来些趣味。但这一切都是徒劳。每一种谋杀方式,每一种破案巧思,每一种试图蒙蔽读者的伎俩,每个阶层里的每一种生活场景都已经被使用了一遍又一遍了。纯粹的推理故事走到了尽头。

取而代之的是迎合大众口味的所谓"硬汉"故事。这一模式据说是达希尔·哈米特发明的,但埃勒·斯坦利·加德纳声称约翰·戴利是第一个写出这种故事的人。不管怎样,哈米特的《马耳他黑鹰》开创了这一风尚。硬汉故事据称是现实主义的。公爵夫人,内阁大臣和腰缠万贯的工业大亨们很少被谋杀。谋杀也很少发生在气派的乡间别墅里,高尔夫球道或赛马会上。谋杀的实施者也很少会是年迈的女佣或退休的外交家。雷蒙德·钱德勒是当前最著名的这类故事的创作者。在他的一篇叫做《谋杀的简单艺术》的短文中,他理性而有趣地说明了这一流派的构成要件。"谋杀的现实描绘者，"他写道，"写的是一个由匪帮统治国家，统治城市的世界；一个旅馆，公寓和名流饭店的主人是妓院老板的世界；一个电影明星是黑帮眼线，大厅一头的一位好好先生是非法赌彩业老板的世界；一个在酒窖里藏满私酒的法官能将一个口袋里塞了一品脱酒的人送进大牢的世界；一个你镇上的镇长能把谋杀当作谋财利器加以纵容，一个无人能安全地走过暗巷，因为法律和秩序已沦为空谈的世界；一个你在光天化日之下目睹抢劫，面对劫匪，却不得不匆匆混入人群而不敢告人的世界，因为劫匪的朋友也许有长枪，警察也未必喜欢你的证词，而在法庭上辩方的骗子律师能在一群被精心挑选出来的傻瓜陪审团面前公开地对你极尽辱骂羞辱之能事，而被政治操纵的法官除了象征性的姿态之外对此不加任何干预。"

这段话说得很好，显然这样一种社会状况能够给现实主义作家提供合适的犯罪题材。读者也愿意相信，作者所说的故事是真实发生的。的确，读者只需看看新闻报纸就能知道这样的事情绝不在少数。

正如雷蒙德·钱德勒所说，"达希尔·哈米特把谋杀交还了那些有理由犯下如此罪行的人，他们这么做不是为了要一具尸体；为了杀人他们可以用上手头的一切，那可不是什么手工精制的决斗手枪，毒箭，热带鱼。他让这些人物跃然纸上，让他们用这一行当所惯用的语言交谈，思考。"这是很高的评价，同时也很中肯。哈米特曾在平克顿做了八年的侦探，熟悉自己笔下的那个世界。这使他能够写出可信的故事，只有雷蒙德·钱德勒能够与之比肩。

在这一流派的故事中，真正的探案只占据一个相对次要的位置。凶手的身份并不是什么秘密，故事的焦点也主要落在侦探如何将其定罪，以及在此过程中遭遇的艰难险阻之上。这样做的结果是，作者可以抛开那令人生厌的线索问题。事实上，在《马耳他黑鹰》中,侦探山姆·斯佩德直接向布里吉德·黑肖内西指出,她是唯一有可能谋杀阿彻的凶手,将凶案钉在了她头上,而布里吉德当即乱了阵脚,承认了自己就是凶手。如果她拒不承认,而是冷冷地来一句:"证据呢?"那山姆肯定就晕了。不管怎样,假如她能请来埃勒·斯坦利·加德纳的那位精明的律师佩里·曼森为她辩护,那就没有哪个陪审团能凭斯佩德出示的那点薄弱的证据就将她定罪。

擅长写硬汉故事的作家都处心积虑地赋予侦探个性,但又仁慈地避免赋予他们过于夸张的怪癖。而在这一点上很多"纯"侦探小说家都喜欢模仿柯南·道尔,不惜把各种怪癖堆在自己的侦探头上。

达希尔·哈米特是一位富有创造力和原创性的作家。不像其他作家一遍又一遍地使用相同的侦探人物,他每写一个故事就创造一个崭新的人物。《戴恩家的祸祟》中的侦探是个肥胖的中年男人,依靠智慧和勇气,而非蛮力;《瘦子》中的尼可·查尔斯娶了一个有钱的妻子后金盆洗手,他后来重操旧业完全是迫于压力;他是个讨人喜欢的家伙,富有幽默感;《玻璃钥匙》中的奈德·博蒙特是个职业赌徒,他成为侦探仅仅是因为意外;这是个令人好奇又着迷的人物,创造出这样的人物值得任何一位小说家自豪。《马耳他黑鹰》中的山姆·斯佩德是所有这些人物中最成功的,也是最可信的一位。他是个无所顾忌的流氓,一个全无心肝的骗子。他自己就跟罪犯没有多少差别,因此很难在他和他对付的那些罪犯之间做出取舍。他是个下流的坏蛋,但却被描绘得栩栩如生。

夏洛克·福尔摩斯是个私家侦探,但追随柯南·道尔的作家们却似乎更喜欢让警探或天才的业余侦探来解开他们设下的谜团。达希尔·哈米特本人就曾做过私家侦探,因此很自然地用私家侦探作为故事的主角。硬汉流派的后来者们非常明智地追随了他的榜样。"私人鹰犬"是个既浪漫,又阴险的角色。像业余侦探一样,他比警察更聪明,可以做那些法律禁止,大多情况下见不得人的勾当。另外他还有一项优势:检察官和警方都用怀疑的眼光看待他那些非正规的手段,因此他不但要同罪犯斗争,还要同官方较劲。这无疑增加了故事的紧张感与戏剧性冲突。最后,比起业余侦探,他的优势在于他的职业就是对付犯罪,因此不会被人看作是个爱管闲事的讨厌鬼。至于他为什么操起了这份并不光彩的行当,我们就不得而知了。侦探不像是份容易赚钱的工作,因为他总是缺钱,办公室又小又寒酸。我们对他的往事也知之甚少。他似乎没有爹妈,没有伯姨,也没有兄弟姐妹。可另一方面,他总是幸运地拥有一位金发,美丽,心怀爱意的女秘书。他待她也满怀柔情,时不时地对她的深情报以一吻。但在我的记忆中,这份感情似乎从未发展到求婚的地步。尽管我们不知道他从哪里来(钱德勒笔下的菲利普·马洛是个例外),也不知道他是如何学得这身职业本领的,但他的个性和他的习惯却是书中大写特写的。他的魅力令女人无法抵挡。他高大,强壮,坚强,一拳就能打飞一个男人,就好像我们打飞一只苍蝇那样容易。而他自己不管怎样被人痛扁,都不会留下大碍;因此他的勇气胜过他的心机,常常会手无寸铁地站在危险的罪犯面前,饱受毒打,其手法之残忍令你不能不诧异,他如何能躺上一两天之后就又活蹦乱跳地站起来了;他还喜欢一头扎进可怕的危险之中,令人不禁屏息凝神。当然,如果你不知道那些黑帮、恶棍和勒索者绝不敢用子弹打得他满身是眼的话(因为那样的话小说就会不合时宜地画上句号),这样的悬念还是非常考验神经的。他对于烈酒还有着惊人的吸收能力,办公桌的抽屉里永远都藏着一瓶黑麦威士忌或波旁威士忌,只要一有客人来访或是他无事可做时就会拿出来喝上一口。他的后兜里也总塞着一壶酒,甚至连汽车杂物箱里也放上一品脱。他每次走进旅馆的第一件事就是让门童给他拿瓶酒来。他的食谱单调，就像大多数美国人一样，一般就是些培根鸡蛋、牛排、炸薯条。我印象当中唯一一个对"吃"讲究的私家侦探就是尼罗·沃尔夫了。但他是半个欧洲人，因此他对于多汁佳肴那非美国式的钟爱和他对于西兰花的热情一定都归结于他的外国血统。

　　未来的社会历史学家一定会惊讶地发现，从达希尔·哈米特的创作年代到雷蒙德·钱德勒的创作年代，美式生活习惯在此期间发生了一个显著的变化。奈德·博蒙特在痛饮烈酒和九死一生中度过了劳累的一天后只是换个衣领洗洗手，而雷蒙德·钱德勒笔下的马洛却要冲个澡再换件干净衬衣（除非是我记错了）。显然，卫生的生活习惯在此期间更加深入了美国男性的心中。不像山姆·斯佩德，马洛是个诚实的人。他也想赚钱，但只愿通过合法的手段，而且他绝不碰离婚案。马洛本人就是雷蒙德·钱德勒那为数不多的几篇故事的叙述者。通常当小说的叙述者和主人公是同一个人时，这个人物总是显得模糊，就像大卫·科波菲尔。但雷蒙德·钱德勒却成功地将马洛塑造成一个鲜活的有血有肉的人。他坚强，勇猛，无畏，却又讨人喜欢。

　　在我看来，硬汉流派中最出色的两个小说家就是达希尔·哈米特和雷蒙德·钱德勒。两人中雷蒙德·钱德勒更胜一筹。哈米特的故事有时过于复杂，有些让人晕头转向，雷蒙德·钱德勒却始终单刀直入，节奏明快。他笔下的人物也更加多样，故事和人物动机更可信。两人的写作语言都是紧张，生动，口语化的美式英语。雷蒙德·钱德勒的对白在我读来也胜过达希尔·哈米特。他对于那种典型美式的敏捷头脑和俏皮有着绝好的把握能力，他的讽刺幽默也更加自然地引人入胜。

　　如前文所说，硬汉小说并不强调探案。它关注的是人物，是那些骗子、赌徒、小偷、敲诈者、腐败的警察、撒谎的政客，是那些罪犯。小说中有故事，但故事的精彩来源于它们所涉及的人物。如果他们只是些假人，你就不会在乎他们的行为和他们的遭遇了。这样做的结果是，这一流派的作家们不得不比传统推理小说的作者更加关注人物塑造。他们要让自己的人物不但可能，而且可信。大多传统小说中的侦探都是些闹剧角色，作者加在他们身上的那些夸张的怪癖只是让他们显得荒诞不经。这样的人物只能在其作者那顽固的脑袋中存在。而传统故事中的其他人物也都是些没有个性的龙套角色。达希尔·哈米特和雷蒙德·钱德勒却创造了可信的人物。他们只是比我们日常所见的人物要高大一点点，生动一点点。

　　我自己也曾做过小说家，因此对于这两位作家如何描绘不同人物的相貌我总是很有兴趣。要想让读者对于某人的相貌产生一个精确的印象总是一件困难的事情；对此小说家们尝试了各种各样的办法。哈米特和雷蒙德·钱德勒喜欢简明扼要地描述人物的长相和衣着，就像警方在报上登通缉公告时一样。雷蒙德·钱德勒对此运用得更加老到。当马洛走进一个房间或办公室时，小说会精确，简练但关注细节地告诉我们屋内有什么家具，墙上挂着什么画，地上铺着什么地毯。我们不能不佩服侦探的观察能力。他的语言就像一个剧作家(但不是萧伯纳)向导演描述剧本中每一幕的布景和装饰时一样简洁，这种手法巧妙地向细心的读者暗示了侦探可能会遇到的那类人和那类情境。当你了解另一个人的周遭环境时，你就已经对他本人有了一定的了解。

　　可另一方面，我认为这两位作家获得的巨大成功——不仅仅是为其数以百万计的销售量所见证的商业成功，更是文学评论界的成功——却反过来毁了这个流派。几十上百的模仿者蜂拥而起。就像所有的模仿者一样，他们以为单凭夸张就能超越原著。小说里的黑话越来越多,多得你要查词汇表才能读得懂他们在说些什么;小说里的罪犯变得更凶残、更暴力、更变态,而女人则越来越性感,越来越饥渴;侦探越来越无所顾忌,酗酒成性;警察越来越腐败无能。事实上这一切都过分得近乎荒唐了。这些模仿者在疯狂追求感官刺激的过程中麻木了读者的神经。他们没有吓着读者,反倒引来了他们嘲弄的笑声。前辈的无数优点中只有一样他们似乎从不模仿:他们从来不写流畅的英语。

　　在我看来雷蒙德·钱德勒已经后继无人了。我相信侦探小说——不论是纯推理故事还是硬汉流派——都已经死了。可这并不会阻碍许许多多的作家们继续创作这类故事,也不会阻碍我继续阅读他们的作品。

对伯克的读后感

I

鄙人有幸藏有赫兹利特①的作品全集。时不时地我就会从书架上取下一卷,兴之所至地随意翻读几篇。他的文章很少让我失望。像所有作家一样,他有时也没有发挥出自己的最佳水平。他最优秀的作品当然非常出色,但即便是他最差的作品也至少具备可读性。他有趣、辛辣、机智、热烈、有同情心、有失公允、大度;他的每一页文字都洋溢着自己的个性,向你展露他的优点和他的缺陷;而这也是一个作家所能献出的一切。赫兹利特的热心读者不难发现,埃德蒙德·伯克②的名字不时出现在他的字里行间。当我读到他将伯克称作"已逝的伯克先生"时,心中总有点微微震颤;他离世的这一百五十年时间似乎无足轻重,让我感觉似乎他即便不是我的同代人,至少也是某个我年轻时可能有幸相识的人物,就像我或许认识乔治·梅瑞狄斯或斯温伯恩一样。赫兹利特认为,伯克是那个时代的首席散文家。他在一篇文章中声称,他最喜爱的三位作家分别是伯克、朱尼厄斯③和卢梭。"我一直孜孜不倦地欣赏和赞叹他贴切的文风,他巧妙的表达,他优雅的思维与情感,"赫兹利特在文中说道,"我放下书本想要洞悉这力与美的奥秘,又不得不绝望地将它重

---

① 威廉·赫兹利特(1778—1830),英国著名散文家和评论家。
② 埃德蒙德·伯克(1729—1797),英国辉格党政论家、下院议员。
③ 朱尼厄斯,1769 至 1772 年间在伦敦一家报纸上发表一系列抨击英内阁信件的不知名作者的笔名。

新拾起，边读边赞叹。"对于伯克的文风，赫兹利特连篇累牍地赞不绝口。显然，他自己的文风就很大程度上归功于他对伯克的研究。他将伯克称作散文家中除杰里米·泰勒外最富诗意的。"我一直觉得，"赫兹利特写道，"最完美的散文体，最有力、最炫目、最大胆、最接近诗的边缘却又从不跨过藩界的，当属伯克的文体。它像钻石那样坚实又璀璨……伯克的文体飘逸、多变、大胆，却从不偏离主题；不，它永远与主题紧密相连，并从主题汲取它那不断生长变化的驱动力。"赫兹利特还写道："他的文体就像对白，洞悉了世上所有最精妙事物的对白。他无论如何都要说自己想说的话，不论那是信手拈来还是颇费周折。他使用的语言可以最平常也可以最专业，句子可以很长也可以很短，可以朴实无华也可以充满比喻……不论何处他都将心中的影像以真实、贴切的色彩呈现给你；正是这许许多多的影像给他的语言注入了一种奇特的活力与激情。他迫不及待地想要把他全部的构想完整鲜活地传递给读者，这常常将他推到了夸张的边缘，但尊严却将他牢牢把持在了原位。"

除了这些，赫兹利特还说了很多，连篇累牍，这里就不便引用了。这么多大段大段的赞美很让我为之一震，我倒想亲眼见识一下究竟是怎样的雄文配得上这样的溢美之词。我只在年轻时读过伯克；那时我曾读过《论与殖民地的和解》和《论美洲事物》。也许是因为年轻，当时我并没有被他的文风深深打动，只是对那种华丽的夸夸其谈留有一个生动但模糊的记忆。最近我又重读了这几篇演说，以及伯克的其他一些更重要的著作。在后面几页中我就想与读者分享我的读后感。不过，需要告诉读者的是，我并不打算讨论伯克的思想。因为那需要对十八世纪有充分的了解以及对政治原理有相当程度的熟悉，而这两点都是我所不具备的。我只想在尽可能少地涉及伯克写作内容的情况下仅仅讨论他的写作方式。显然，这两者无法完全分离。因为文风是受写作主题界定的;严肃,平衡,慎重的文风适合重大论题,但用在无关紧要的话题上就会显得古怪;相反,轻快生动的文风不适合用来处理那些宏大课题;对于这些问题就像约翰逊博士所说的那样,你讲不出任何既新颖、又正确的东西了。但假如作者依然不得不讨论这些问题,还以为他能通过文字游戏或逻辑杂耍来激起读者兴趣的话,那他可就错了。小说家不得不面对的一个难题是,他的文风必须随着小说内容的改变而改变。如果他想维持作品的整体性,那他会发现要避免给人造作之感是件很困难的事,因为他必须在对白中口语化,在描写动作时迅急,在描述情感时内敛或激动(这取决于作者的个性)。但也许小说家们只要能够避免更加刺眼的语法错误就可以知足了,因为一个令人震惊的事实是,世上最伟大的四位小说家——托尔斯泰、巴尔扎克、陀思妥耶夫斯基和狄更斯在使用各自的语言写作时都对语法问题漫不经心,任何人想到这一点都不能不感到惊奇。据我们所知,狄更斯甚至都不屑于遵守最起码的语法。因此,发展维持一种稳定文体的责任就落在了历史学家,神学家和散文家的肩上。所以毫不奇怪,在这个国度里英语语言最璀璨的丰碑是由托马斯·布朗宁、德莱顿、艾迪生和约翰逊(尽管《拉塞拉斯的历史》的写作原意是小说,但它事实上是一篇散文,讲述人性欲望的徒劳)这样的散文家,杰里米·泰勒和威廉·劳这样的牧师以及吉本这样的历史学家树立的。在他们中间埃德蒙德·伯克赫然占据着一个显要的位置。

赫兹利特曾说,他多次尝试描述伯克的文风,但一直没有成功。如果说我正在尝试的是一件连赫兹利特也未能完成的工作,那未免显得自大。但事实上,在多篇文章中赫兹利特已经对此作出了非常精彩的描述,甚至都没有留下多少增补的余地了。他提到了伯克严肃的夸张,他直白的大胆,他不动声色的夸张,和他对主题若即若离的把握;赫兹利特还补充道:"但我们还是没法把它研究透彻,因为世上绝没有第二种一模一样的文风了。我们没有可以参照的一般标准;他的品质甚至与自身相抵触。"而我的目标不是要描述伯克的文风,而是审视其内在的纹理,从而尽可能地洞悉他驾驭语言,用于达到特定效果的方法。赫兹利特已经做好了一盘汁多味美的大菜,我只需洒洒调味品添些滋味。我希望发现的是他如何构造句子和编排段落,如何使用实词和虚词,意象和比喻,以及他如何利用修辞法来达到目的;如果读者觉得这个题目很乏味,那我想他大可不必硬着头皮读下去了。而对我——一个作家来说,这是个很有趣的题目。但我不得不面对两个难题:一、对于这样一个充满野心的目标我对自己的能力并不十分自信;二、要想在这个论题上有所建树,我将不得不大量地引用(伯克的)原文,而这些段落我相信只有最

勤勉的读者才能抵御一眼跳过的诱惑。然而唯有范例才能指明实践。英语是一种困难的写作语言;很少有作家能够既准确又出彩地用英语自始至终地写作。对此最好的学习方法是研究过去的大师们。伯克的很多作品对于现在的人来说已经不再有很大的吸引力了(也许政治家除外);事实上,对于今天的普通读者来说他说过的所有有价值的话都可以收入一卷简洁的摘录中。而对我来说我不得不承认如果不是打算要从他的文字中寻找对我这篇文章有所帮助的内容的话,我是没法让自己静下心来如此认真地去读他那浩瀚的作品的。写作方式随着时代的飞逝而变化,要让今天的作者去像十八世纪的伟大散文家们那样写作是荒唐的。但我认为他们身上依然有值得我们学习的地方。通过吸收一个民族的流行语言,文学语言能够保持活力,获得色彩、生动与现实性;但另一方面,为了避免混乱与无序,它必须建立在那个伟大的时代所确立的标准之上并受此标准之界定:那个时代就是当英语散文达到了其所能达到的

完美巅峰之时。

　　我想，很少有作家天生就能写得一手好文章。伯克是个勤勉的作家，可以肯定他不但注重论述内容，而且注重论述方式。"关于他的写作方式，"赫兹利特说，"有很多相反的描述。有人声称，他先写出一份平实的草稿作为底色，然后再添加各种修饰和比喻。一位顶尖行家曾十分肯定地告诉我，《致一位尊贵阁下的信》付印后，样本送到了伯克手中；等他把样本送回印刷局时，上面布满了改动和插入的段落，排字工甚至拒绝照样更改——他们把整篇内容拆开，重新编排了一版。这很像是精雕细琢，思前想后的产物。"多兹利也曾说过，《对于法国大革命的思考》曾经有过多个版本，伯克把它们一一推倒重来，直到最终满意为止。只要看一眼《高尚和美的思想起源》，就不难发现伯克的文风是处心积虑之作。尽管这篇作品得到了约翰逊的赞赏、莱辛的利用和康德的尊重，但今天看来已经很难给人多少帮助了，虽说读起来依然不失趣味。在论证完美并不产生美时，伯克说道："女人非常了解这一点；因此她们学会了咬舌，学会了步履蹒跚，学会了示弱甚至装病。她们所做的一切都是天性使然。困境中的美是最动人的美。红晕也有着同样慑人的力量；而谦逊一般来说就是对不完美的默认，它本身就是一种动人的品质，而且必然能够突出一个人身上其他同样动人的品质。我知道每个人都会说，人天生就爱完美。但对我来说这就足以证明完美并不值得去爱。"后面还有一段引文："当一个激起爱与满足的对象出现在我们眼前时，我们的身体据我观察会受到如下影响：头会靠向一侧，眼睑微合，眼睛轻轻地转向对象；嘴巴微张，呼吸放慢，不时地长喘一声；整个身体都会放松，双手自然地垂向两侧。"这本书据说是伯克十九岁时开始动笔的，直到他二十六岁时才出版。我引用这些段落的目的是想展示伯克在成为英语散文大帅之前的文风。这不过就是十八世纪中叶的普遍风格，我怀疑没有人读完之后能辨认出究竟谁是作者。它正确、简约、流畅；这表明伯克有双灵敏的耳朵。英语的辅音很生硬，因此写作时需要有技巧地避免刺耳的组合。有些作家对这一点不太敏感，有时会使一个词的单个或一组结尾辅音同一个相邻词的打头辅音相重复（如 a fast stream）；有时他们还会无意之中写出头韵（这在散文中很不可取），不知不觉地给人以不快的打油诗感。当然，语意是首位的，但英语的词汇非常丰富，我们最先想到的那个词几乎总能找到一个足够准确的同义词。因此作家们很少需要忍受某个词的刺耳声韵，舍此无他，只是为了精确表达心中的想法。我从伯克身上学到的最有价值的一条是，不论有些词看起来是多么难于处理，你总能通过巧妙的置位，合理的长短词搭配以及元辅音和声调交替来达到语音的和谐。当然，没有人能一边写作一边在脑子里塞满了这些条条框框；完成这项任务的是耳朵。对伯克来说，我想他天生灵敏的听力显然在公共演讲的迫切需求下得到了极大的开发：即便当他写下仅供书面阅读的文字时，语句的发音依然时刻回响在耳边。他的文字不像十七世纪的杰里米·泰勒或十八世纪的纽曼那样悦耳动听；他的散文具有的是力量、活力和迅捷，而不是美；但尽管他的很多长句结构繁复，却依然既上口又入耳。我确信伯克有时也难免会写出一串既不上口也不入耳的词，心潮澎湃时也会打破我前面提到的谐音法则。但作家有权要求人们以他最好的作品评判他。

我曾经读到过，伯克通过研究斯宾塞学会了写作，他的很多漂亮句子和政治暗指似乎都可以追溯到这位诗人。他自己也曾写道："任何人只要认认真真地品味和阅读了斯宾塞的作品，就一定能获取对英语的驾驭能力。"除了我刚刚提到的那种漂亮悦耳的谐音，我不明白他究竟从这位嗓子甜但（在我看来）乏味透顶的诗人身上还得到了什么。但他显然没有受到斯宾塞滥用头韵的影响——这一点让他那篇《仙后》甜得发腻，有时甚至荒唐。有些人——其中包括查尔斯·詹姆斯，他也是这方面的权威——认为伯克的文风建立在弥尔顿的作品上。这我不太相信。的确，伯克经常引用弥尔顿，而且凭他对语言的鉴赏能力他一定也为《失乐园》里选词的华丽和措词的宏大所震撼；这种说法的根据主要来源于他的作品《关于与弑君者媾和的信》。但问题是这部作品写于晚年：如果伯克真的以培养自己的文风为目的研究过弥尔顿，那他似乎不太可能直到一只脚跨进坟墓之时才显露出弥尔顿的影响。我也不相信《国家传记词典》里所说的，即伯克的文风建立在德莱顿之上。在伯克那思维缜密、有条不紊、铿锵有力的文章中我读不出丝毫德莱顿那种迷人的优雅与无忧无虑的流畅。他们俩之间的差别就像一座建有整齐的走道和花坛的法国花园与泰晤士河畔一座点缀着矮林和绿草地的英国花园之间的差别。就我来看，伯克那种固定的文风所展现出的特殊品质一定归功于约翰逊博士那坚定而无法抗拒的影响。我想正是从他身上伯克学到了精妙长句的价值，多音节词的力量，对称的修辞价值和对照法的警句式魅力。而且凭着自己丰富激昂的幻想和对公共演讲的实践，他还避免了约翰逊的瑕疵（这些瑕疵对于像我这样格外欣赏约翰逊文风的人来说是微不足道的）。

Ⅱ

我们都知道布丰的格言："风格即人。"如果他说得没错的话，那么了解一个人理应能帮助你更好地理解他的文风。问题是这句话果真正确吗？我想在布丰的眼中人是和谐统一的一个整体，但事实并非如此。大多数人都是美德与缺陷的混合体，在他们身上集合了相互之间如此抵触的优点和缺陷，仅仅是因为它们是如此地昭然若揭,你才不得不相信这样相互矛盾的品质能够共存于同一个人身上。伯克在他的年代广受世人的评论;有人热情地赞美他,也有人激烈地抨击他。根据流传下来的许多不同的报道,还有赫兹利特的文章以及菲利普·马格纳斯爵士所著的那本精彩的《生平》,我想我们可以对伯克其人有一个比较准确的印象。但这个印象却是令人难以置信的。你简直无法相信如此罕见的美德居然能同如此可悲的缺陷携手;这一定会令你大惑不解。

埃德蒙德·伯克于1729年出生于爱尔兰,父亲是律师。在那个年代律师是个非常受人鄙视的职业:约翰逊就曾如此评价离开公司的某个人:"我从不屑于背后说人坏话,但我相信这位先生是个'律师'。"伯克二十岁出头时就前往伦敦学习法律,并在来到伦敦后不久同一个叫威廉·伯克的人成了密友。这两个伯克即便是亲戚,亲缘关系也很远。很快埃德蒙德·伯克放弃了法律,选择了文学。此后的几年中他靠书商写作尽力维持生计。他出了两本书,似乎引起了一定的反响,帮助他认识了霍勒斯·沃波尔并赢得了约翰逊博士的深切友谊。他于1757年成婚,同年他的弟弟理查德也来到了伦敦。这三个伯克彼此情投意合;威廉和理查德与埃德蒙德夫妇同住,四人收入共享。理查德是个吵闹、冲动、品行不端的家伙,在旁人看来一无是处,但威廉却很能干进取。他在剑桥结交了有用的关系;1765年当罗丁汉姆勋爵受国王之命组建内阁时,他说服了罗丁汉姆邀请埃德蒙德担任其私人秘书,又说服弗尼勋爵送给埃德蒙德一个由其家族把持的选区①。

伯克立刻开始在下议院崭露头角。约翰逊博士在给班纳特·

---

① 在18世纪的英国,某些选区的选民人数过少,很容易被一个或少数几个名门望族完全把持,该选区的议员席位成为其家族控制的政治资产。这种情况在1832年的改革法案通过后得到改变。

兰顿的一封信中写道，伯克"在下议院第一次亮相时取得的声名是前所未有的。他发表了两篇演讲，呼吁废除印花税法，受到了皮特先生的公开赞扬，并让全城为之惊叹"。罗丁汉姆于 1766 年倒台。两年后伯克买下一栋取名"格里高利"的私宅，位于贝肯斯菲尔德，占地六百英亩。伯克这样做是件很自然的事情。他此时声名远扬，对自己的能力信心满满。可以想象，以他高昂的精神，洋溢的热情，他是很不情愿在寒舍中屈尊的。他热爱社交，喜欢宴请宾客。接济值得接济的才子（尽管有时这并不值得），舒缓穷人的贫困，这对他来说总是件乐事。他出身卑微，而根据当时的习俗，这一点经常会被用来对他挪揄嘲讽。他的身边都是大人物；宴会上人人都用得着他，而他也知道自己的价值。但他不能不注意到人们依然带着怀疑的眼光看着他：他坐在他们中间，但却不是他们的一员；他身上总是有一种爱尔兰冒险家的气味。当然，他原本就是个爱尔兰冒险家；而他恰好也是个道德高尚，社交与智力天赋卓越，而且知识宽广的人。他一定想，买下格里高利能让他在这个国家中有一席之地，增加他的威望，使他能更加平等地同那些贵族士绅们会面，从而扩大他在这些人身上的影响力；而直到此时，他凭借的仅仅是自己的才华。

这座豪宅花费两万英镑，每年还另需两千五百镑维护费。很奇怪，一个几年前还满足于为书商多兹利写些粗制滥造的东西，一年只挣一百英镑的人，居然愿意支付如此大的一笔开销，而且还背上如此沉重的负担。这三位伯克在弗尼勋爵的资助下从事东印度股票市场的投机交易，他们买下格里高利宅的钱似乎就来自投机所得的利润。但不幸的是，股票大跌，他们入不敷出，而最终弗尼勋爵也破产了，威廉·伯克逃离了英国。埃德蒙德卷入了一场困扰了他一生的财政危机，不得不将房产的"每一寸地"都抵押了出去，还要向朋友们借钱。买下格里高利的那一年,他向大卫·加利克借了一千英镑,不久之后又向约书亚·雷诺兹借了两千英镑。他在与罗丁汉姆结交的十七年里,一共向他借了高达三万英镑的贷款。人人都知道,两人之间只要发生了金钱来往,就不可避免地会产生紧张,最终常常会导致关系冷淡。但伯克的朋友们却十分尊重他,这样的事从未发生过。他们敬仰他"高尚的人品和卓越的价值",因而为他送上他恰恰急需的金钱来表达情意,比如布罗克斯比博士就曾向他赠送一千英镑。罗丁汉姆死时曾留下遗言,要求销毁伯克的借条。雷诺兹也如法炮制,还外带留给伯克几千英镑遗产。

伯克是个骄傲的人,珍视名誉。我们也许会想,他是否曾为向朋友们借钱感到过一丝羞耻。他似乎从未想到过要把格里高利宅卖掉,这样不但能还清债务,还能把自己从这种不但屈辱而且有损名誉的状态中解救出来。我们只能猜测,在他看来这是一笔至关重要的财富,不惜任何尊严代价也要留住。当然他也未必认为借钱有什么屈辱的。我们知道,借钱这种习惯染上容易戒除难,善借之人很快就能找到既能满足需求,又能不失尊严的方法。

伯克对于金钱满不在乎,这通常被认为是爱尔兰人的天性。他也有爱尔兰人的慷慨热情。

不论自己手头多么紧张,他依然不停地向那些博得他同情的人提供经济援助。他曾经误认为一个叫詹姆斯·巴里的爱尔兰画家是天才,便资助他去意大利学习。诗人克拉布穷困潦倒时,曾向一个又一个名人恳求帮助,但都石沉大海。最后,他投向了伯克。伯克安排他在格里高利住下,直到最后看见他舒适安定地开始生活后才安心。这只是伯克一贯慷慨大度的两个例证。几乎所有和他接触的人都不能不意识到他的伟大。我们不能不惊叹人们是如此频繁地提及他所受到的"崇敬",以至于我甚至怀疑这个词在当时的内涵是否与现在有所不同。我对于在上一场战争中主持国事的政治家、将军和元帅们心怀尊重与敬仰;我欣赏自己有幸结识的诗人和小说家身上的伟大天赋;但我从未想过要以"崇敬"的心情看待他们——我想其他人的想法也和我一样。也许我们已经丧失"崇敬"的能力了。在担忧和失望在他身上投下了阴影之前,伯克一直富有魅力,性格友善。他很健谈,约翰逊博士就曾赞美他的"侃侃而谈"。我有时想,这本领是不是还能取悦现在的人。也许今天的我们很难不觉得这样的"健谈"有些乏味;因为这个时代充斥着信息,我们等不及听人长篇大论,宁可自己去读书看报。和伯克本人一样,我们也不是好听众(约翰逊曾抱怨道:他谈话的愿望是如此强烈,以至于如果有人在桌子一端发言,他就会找桌子另一端的人说话),如果有人把谈话变成了独白,一定会让我们很不耐烦。而且伯克既不机智也不幽默,我们很可能会觉得他有些乏味。尽管他那种威严的气度和优雅的举止给范妮·伯尼留下了深刻的印象,但比起他的雄辩我们会更喜欢奥斯丁笔下亨利·蒂尔尼①的那种花哨的轻浮。

理查德·伯克几年前曾通过埃德蒙德的影响被任命为格拉纳达西印度岛屿的王室财务总管。东印度公司的股票崩盘后,他返回了自己的岗位。他以近乎免费的价格从"红肤加勒比人"——邻近的圣文森特岛原住民的后裔——那里买下了一大块土地,其地值据估计高达十万英镑。这一交易是如此的声名狼藉,以至于圣文森特议会拒绝承认其合法性。伯克一家此时极度窘困,埃德蒙德拼尽全力要保住弟弟的财产权。他答应福克斯,如果他能说服当时在职的

① 奥斯丁《诺桑觉寺》的男主角,是位二十多岁的年轻牧师,聪明有教养、喜欢讽刺。

诺斯勋爵判决收购有效的话，就分给他一块赃地作为报酬——福克斯那时自己也非常缺钱。福克斯照做了，诺斯勋爵显然也乐于从命，但他把事情办砸了，理查德败诉，返回了英国。随后他又被指控贪污了一万英镑的王室收入，接受了审判并被判有罪。理查德上诉；伯克通过自己的影响力将上诉判决无限期地推迟了。可以想象，如果他真的确信弟弟无罪的话，那他理应乐于见到正义得到伸张。威廉·伯克为避免因债务问题遭到逮捕而逃离了英国，随即去了印度；在那儿，还是通过埃德蒙德的影响，他被任命为国王军队的发饷人。他从事了一系列不光彩的勾当，据估计从中牟利了足足十五万英镑；菲利普·马格纳斯爵士将其描述为令人发指的欺诈。在彻底名誉扫地之后，他不得不返回英国，面临因挪用公款而遭逮捕的危险。真是一对活宝！

这件肮脏勾当的大多细节直到菲利普爵士在温特沃斯·伍德豪斯审阅了相关文件后才真相大白，但在此之前很多相关内容已经流传了出来，严重损害了埃德蒙德的名誉。约翰逊博士对于人格的判断十分准确，终其一生都对埃德蒙德钟爱有加。他赞赏伯克的智慧、学识、友善和仁慈，但鲍斯韦尔所作的传记中有几段文字，表明即便是他也怀疑埃德蒙德的诚实。的确，按照十八世纪的潜规则，为国家干事就理所当然应该吃国家饭。但伯克是个道德家、改革家。他标榜自己的高风亮节，可居然运用权力把极不称职的人安插到利润丰厚的职位上；他标榜自己的诚实，可居然当众发表虚假声明，说自己从未涉足东印度公司股票。他始终与不公正和腐败做斗争，可自己居然不遗余力地帮助威廉和理查德的腐败欺诈行径。伯克是个伟大的演说家；我们很难将他堂皇的箴言与其可鄙的行径统一起来。难怪有人说，他是个骗子，是个伪君子。但我不这么认为。有一种缺陷是大多数人所共有的，对此政治家也不能幸免；而这种缺陷在他身上被放大到了极端：那就是，什么符合他的利益，他就愿意相信什么。我不知道该把这种缺陷叫做什么，但它既不是虚伪也不是欺骗。

当伯克开始感情用事时，他的判断力就被蒙蔽了。他最动人的品质——热烈的感情——居然会产生如此糟糕的后果，这真是他人生的不幸。威廉和理查德是一对骗子，而且还是笨骗子，他们那些丑陋的伎俩没有一次成功的。可埃德蒙德居然写道："回顾我的一生，我生命轨迹中所有的闪光点无不直接或间接地得益于威廉·伯克。"而对于理查德他写道，他的品质如此正直，任何诱惑都无法腐蚀他。他自始至终地爱他们，尊重他们——尽管这听起来不可思议。在他眼中他们俩决不会做任何错事；不论证据多么确凿，他就是不相信。

"如果一个人恰巧和伯克共用一个屋檐避雨，"约翰逊博士写道，"他一定会说——'这真是一个非凡的人'。"伯克的非凡体现在很多约翰逊所不了解的方面。你很难遇到一个像他这样具有如此矛盾个性的人。他既正直又卑琐，既直率又诡诈，既公正又腐败。一个人是怎样调和如此矛盾的个性的？我不知道。但我们不应过于责难。蓓姬·夏普①不是说过，想要做个一年收入五千英镑的好人并不难吗？如果伯克生来就是个坐拥豪宅的绅士，收入丰厚，那他的行为毫无疑问会像他自己一贯坚信的那样无可指摘。对于自己行为的正当性，他从未有过丝毫怀疑；他一直认为自己受到的辱骂（这是他自己的原话）是可耻的不公。马基雅维里告诉我们，当他回到书房时就会换下乡村服饰，穿上锦袍，就像他惯于以共和国秘书身份在贵族们面前出现时穿的那样。而伯克也在内心里做着

---

① 萨克雷名著《名利场》的女主角，最著名的为求上位不择手段的女冒险家典型。

相同的事。在他的书房中,他不再是那个鲁莽的赌徒、无耻的揩油者、缺德的钻营之徒(虽然是为了别人,而不是他自己)、满嘴谎话的辩护人,为了自己的口袋不受影响,攻击那些旨在匡正极端不公现象的必要措施。在他的书房中他就是那个思想高尚的人,那个以精神的高贵、人格的伟大与慷慨为朋友们爱戴与尊敬的人。这时,也只有在这时,我们才能对伯克说"风格即人"。

III

很显然,伯克的文风扎实地建立在对称之上。赫兹利特写道,德莱顿是第一个在构句中用到对称的人。这听起来很奇怪,因为似乎任何人在用连词把两个句子连接起来的时候都会自然地想到对称;当你说"他出去散了个步,回家湿了个透"时,这句话就有某种对称性。可另一方面,约翰逊博士在评价德莱顿的散文时谈到,"他的分句之间从不对称,长句结构也没有固定的模式:每个字似乎都是任意的,但却出现得恰到好处。"权威的话就是这样不一致。伯克极其热衷于三连环——很遗憾我找不到一个更贴切的词;我的意思是说,他喜欢把三个名词,三个形容词或三个从句并列,借以加强语气。以下是一些实例:"从来没有人以如此的恒心,如此的活力,如此的干劲支持过一项事业。"——"难道帝国就没有储备力量来弥补这样一种可能削弱、分裂、瓦解其整体性的缺陷吗?"——"他们的愿望应当在他心中占据沉重的分量,他们的意见应当得到高度的尊重,他们的事务应当获得持久的关注。"——"我真的认为这对于聪明的人来说不明智,对于清醒的人来说不体面,对于人性的意志来说不温和、不仁慈。"伯克如此频繁地使用这一句式,以至于它们最终听起来都显得单调了。这样做还有另一个缺陷:有时三连环中的两环过于相似,你不能不意识到它们仅仅是用来制造声音,而非传情达意的。

伯克还经常用到对比；这当然只是对称的一个变种。赫兹利特说它最早出现在《闲谈者》①中。经过略显草率的检验后，我没有发现支持此说的显著证据；虽有些蛛丝马迹，但那只是捕风捉影，算不得确凿实证。在《谚语大全》中你能够找到更为显著的例子。我因此猜测，约翰逊正是从这本书中以及通过对拉丁文著作的阅读，发展出了一种自己的写作方式。他将对比这一形式臻于完美，并凭借自己的声望赋予它持久的魅力。语法学告诉我们，对比是一种使一个复句的两个分句形式相似的构句方式。如果此说成立，那我们就必须接受两种形式的对比："明对"和"暗对"。明对强调反差，暗对则着重对称。下面举一个明对的例子："医生只记得自己要保全职位，却忘了自己将失去名望。"暗对则可以这样用："假如财富是如此胜过名誉，就像她是如此压制美德一样，那么至少我们的良心将不受她的评判。"

对比句极其有力。如果说目前这一句式已不太常用，那么这毫无疑问是出于一个约翰逊本人指出过的原因。对比的目的是通过字与字的对照来加强思想的对照；但它如果仅仅用来制造悦耳的声音，那就令人厌烦了。奇怪的是，恰恰就在这一点上柯勒律治将约翰逊与朱尼厄斯做对比，抨击约翰逊："朱尼厄斯的对比句，"他写道，"是真正的意象与思想的对比；而约翰逊的对比句仅仅是词的对比。"它后来变成了一种措词把戏，并在麦考利——最后一位泛用对比的著名作家手中，成了一种烦人的把戏。对比现在已经完全沦落了，这也许是件不幸的事，因为毕竟它很有气势和说服力，能够精准无比地挥锤敲中大头钉。

① 英国随笔作家 R·斯梯尔爵士于 1709 年 4 月至 1711 年 1 月在伦敦创办的期刊。

《朱尼厄斯信函》是一篇对比的杰作；其手法令人钦佩。柯勒律治声称当朱尼厄斯的一个句子写到五六行长时，再没有比他的文风更拖沓的了。这一点我承认我并没有注意到，但赫兹利特不但仰慕这一点，而且还亦步亦趋。下面我将引用他写给贝德福德公爵的信中最后一段；这将能很好地展现他的文风。

"因此转换场景是徒劳的。你无法逃离你的敌人，就像你无法逃离你自己一样。身在国外，面对指控，你直视内心寻找安慰，但找到的只有斥责和绝望。但是，阁下，你可以退出生意场，虽然你无法退出危险圈；尽管你找不到安全，但你至少可以停止荒唐。我担心你已经听从那些恶友们的建议太久了；你肮脏地将自己的利益同他们绑在了一起，为他们牺牲了一个君子应当珍视的一切。他们依然极度卑鄙地怂恿你的老年昏聩，就像他们曾经鼓动你的少年恶行一样。他们既不知礼，也不晓道，阻止你吸取过往的教训，甚至不让你保留即便是无德之人也应该有的体面。甚至到了现在他们还在对你说，生活就是一场戏，主人公应当始终如一，既然活着时便无德，那么死去时就该无悔。"

对比句的风尚曾对构句产生了重大影响。只要比较一下德莱顿和伯克的文章，这一点就不言自明了。它将"对工完整句"的价值体现无遗。这里我需要提醒一下读者：在一个对工完整句中，句意直到句子结束时才被表达完整；而在句意自然告一段落后再添加一个从句，这样的句子叫散句。英语没有通过倒装句来制造悬念的机制，因此散句很常见。而这一点也很大程度上造成了英语散文的散漫性。一旦放弃了句子的统一性，作者就很容易一个从句一个从句地叠加上去。而对比句有利于创作古典的对工完整句，因为其语言魅力显然有赖于紧凑完整的句式。下面我引一段伯克的句子为例：

"的确,当我想到法兰西王国的面孔时——她繁多富庶的城市;她宽阔高耸的大道与桥梁;她便利的人工运河和航道,穿越如此广袤的一片大陆,打开了海上交通的机遇之路;当我将目光转向她码头港口的惊人成果,转向她亦战亦贾的完备海军设施时;当我面对她众多施工如此大胆精湛,建造维护如此不惜工本的堡垒,以武装森严的防线和不可逾越的坚壁迎击四面八方之敌时;当我想起它广袤的土地如此广泛地精耕细作,想起全世界最优良的作物都在法国取得了培育技艺的完美极致时;当我想到她精良的制造业与纺织业仅次于我们英国,在某些方面甚至毫不逊色时;当我思索她宏大坚实的公共与私人慈善事业时;当我搜寻这个国家所有美化生活,圆润生活的艺术品时;当我审视她所哺育的那些在战争中为她扬名的军人,得力的政治家,众多思想深邃的律师和神学家、哲学家、评论家、历史学家和古物学家,还有宗教和世俗的诗人与演讲家时——我所看到的无不令我惊叹、令我遐想,并将我的思维从草率恣意地发出非难的边缘拉了回来,要求我认真审视究竟是什么样潜藏的巨大罪恶能够让人们在瞬间将一个如此庞大的社会构造夷为平地。"

这个段落以三个短句结尾。

我想指出的是,伯克使用了何种技巧来赋予一连串从属分句以"松散"结构,从而进一步将句意悬止到整句的结束。我们知道,约翰逊擅长用从属分句构造完整句,创造出语法学家们所说的"扩展复合句",从而丧失了伯克所特有的那种流动的紧迫感。我还想指出,伯克通过一方面罗列出多个相同句式的分句,另一方面又变换顿挫和组合避免单调感,达到了非常理想的语言效果。他连续使用同一个字——当——作为一连串分句的打头词,并取得了强大的语势。这当然是一种修辞手法,运用在演讲中时能够产生一股叠加的气势;这再次说明伯克的文风深受其公众演讲经历的影响。我想目

前整个英国大概也找不到一个能够写出这样一串长句的人了；或许
也没有人屑于写这样的句子了。英语的特性使得使用者很容易就
写出"散句"；因此，也许是出于一种极力抵御这种散句倾向的本能
渴望，当下的时尚是写短句。就在不久前，我刚刚读到过一则消息，
说一位大报编辑坚持他手下的供稿人不能写超过十四个字的句子。
不过，长句也有长句的优势，能给你提供展开表达的空间，以及通过
抑扬顿挫和素材的组织最终达到高潮的机会；它的缺点是容易松
散、乏力、模糊、晦涩。十七世纪的文体家们爱写长度惊人的句子，
他们也并不总能成功地避免这些缺陷。但伯克很少犯这样的错误。
不论他笔下的句子有多长，从句有多复杂，修辞有多丰富，他总能搭
出一个相当坚实的框架结构，就像一位轻车熟径的向导把你一路安
全地引向全句的终结，既不让你走上岔路，也不让你在路边停留。

伯克非常仔细地变换着句子的长度。他既不会用一连串的长句来
让你疲倦——除非是出于明确的修辞目的——也不会用一连串的
短句来让你厌烦。

伯克有着很强的韵律感。他的散文回响着十八世纪的旋律，就
像海顿的交响乐，但同时又带着一种纯正的英国味。你听到了横笛
和鼓点，但乐声中却传递出一个清晰的旋律。伯克的文笔雄浑，我
再也想不出第二个作家能够将如此的力度与如此的优雅结合在一
起了。如果他的文章有一点过于庄重，那我想这是由于他和大多十
八世纪的作家一样，喜欢使用笼统抽象的词，而今人却更习惯于把
这些替换成特定具体的词。这给了现代作品更多的生动性，尽管这
有时是以牺牲准确性为代价的。试着把伯克的某个句子用当今英
语作家惯用的文笔表达出来是项很有趣的练习。这里我随意地挑
出一个句子："最温婉的思想，被如此可怕的危急时刻所困扰——这
样的时刻使道德也不得不屈服，以暂时废止自己的外在条例来维护

它自身的本质原则——也会保持沉默,任凭欺诈与暴力来毁灭一种虚伪的高贵——它对人性的迫害就是对人性的羞辱。"这个句子精妙圆润,句意清晰,没有一个字——也许"危急时刻"除外——不是今天的常用字;但这样的句子有着深深的时代烙印,今天的人已经不可能如此表达思想了;顺便说一句,也许今天也很少有人会有这样的思想了。也许现代作家会如此表达这层意思:"有些时候,即便是良知感最强烈的人,也不得不将法律的精神置于法律的条文之上,只能站在一旁,看着一种无能的,迫害人性、羞辱人性的财阀统治被毁灭,即便是通过暴力与欺骗。"我不敢说后一个句子更好,但那是我在经过多次尝试后所能给出的最好样本了。我承认它既没有原句的对称,也没有原句的华贵与紧凑。

伯克是爱尔兰人;而爱尔兰人,我们知道,都喜欢滔滔不绝。对他们来说饱足总比不上筵席。他们在餐桌上堆满了佳肴,有时仅仅是看上一眼就让你发腻。但也有些时候,当你真的举叉伸向那些野味馅饼,野猪头还有华丽的孔雀时,你会沮丧地发现它们不过是纸做的,就像意大利歌剧里的宴席一样。英语是门丰富的语言。你几乎总能够在一个平凡的字眼和一个文学化的字眼间,在具体的字眼和抽象的字眼间做选择;你既能明说,也能暗指。伯克个性中的伟大和庄严感总是诱使他用豪言壮语来表达自己。他讨论的是重要话题,我想他一定认为使用平实的语言既对不住这些题目,也对不住他自己。"伯克使用那种比喻性的表达方式是非常合适的,"福克斯曾说。"这对他而言很自然;他甚至对妻子,用人和孩子都是这样说话的。"但必须承认,这有时很累人。这也是他众议院生涯失败的一个重要原因。他最伟大的一次众议院发言就是关于同北美十三州和解的演说。莫利勋爵把它描述为具有"最睿智的气度,最严密的逻辑,最丰富的话题,最大度、最和解的呼吁"。但它却把所有人都赶跑了。

约翰逊博士告诉我们，在他那个年代没有人谈论文体，因为人人都有生花妙笔。"优雅的文笔随处可见，"他写道。即便如此，伯克依然显得卓尔不群。他以他非凡的语言驾驭能力、熠熠生辉的比喻、夸张以及丰富的想象当之无愧地征服了他的时代。但也有人表示异议。赫兹利特曾记述了一段福克斯和霍兰德勋爵就伯克的文体进行的一次谈话。这位"尊贵的阁下"似乎"反对伯克的文体，认为它太花哨，华而不实，还说它缀满鲜花却不见果实。福克斯先生回应道，尽管这样的抨击很常见，但在他看来是毫无根据的；相反，鲜花常常遮掩了身下的果实，文体的华丽阻碍了而非加强了它们所要传递的情感。为了证实这一点，他取下一本书，将其中一页内容用他自己平实自然的语言转述了一遍。这最终说服了霍兰德勋爵，他承认自己的注意力时常被炫目的意象所吸引，结果忽视了文字的思想"。在那些逝去的岁月里，尊贵的阁下们和卓越的政治家们原来也对这样的问题感兴趣，愿意这样亲切地打发闲暇时光，这真是饶有趣味。当然，如果勋爵阁下的注意力真的被伯克那绚丽的文风从文章的主题上引开了，那这也是对他文体的一种反思。意象的目的不是要分散读者的注意力，而是要让文字的意义变得更清晰；明喻暗喻的目的也是为了将这种意义深刻地印在读者脑中，并通过调动他的想象力来让他对此更乐于接受。没有实现描绘目的的描绘是无用的。伯克的头脑浪漫诗意，在这一点上他超过了所有十八世纪的散文大师，也正是这一点使他的文章丰富多彩；但他的目的是要让人信服而非取悦于人，是压倒而非劝说。通过调动他全部的想象力，他不但要让自己的观点明晰，还要打动人们的柔情或激情，迫使他们认同。我不知道福克斯先生是何时与勋爵阁下进行这次谈话的，但假如《对法国大革命的反思》此时业已出版，那他完全可以用这本书来反驳勋爵的观点。因为在这里，华丽的修饰渗透了作品的肌理，完全成为了观点表述的一部分。这里，意象、明喻和暗喻完成了各自的目的。只有一段话令我持保留态度，也就是这本书中最著名的一段话，是伯克描述他在凡尔赛宫见到玛丽·安托瓦内特王后的感受："再没有哪位更妩媚的佳人惠临过这颗明珠了，她轻盈得似乎都不曾踏在地上。"这段描述可以在他的文集中找到，所以这里我就不引用出处了；就我的品味来说它有些太夸张。但即便它算不上完美的散文，但至少也有着华贵的韵律，华贵到甚至略显荒唐的地步："哪怕是一个冒犯的眼神，我想也会有万把长剑出鞘捍卫她的荣誉"；这段结尾处的顿挫也非常优美："不靠收买的优雅生活，义不容辞地保卫国家，男子汉气概和英雄事业的孕育之所——这些都远去了！远去了，那强烈的原则感，那纯洁的荣誉感——污点就像伤口一样令它刺痛，它激发着勇气又抑制着凶残，触及的一切都变得高贵，光芒之中缺点也失去了一半的罪恶，因为所有的粗野都被磨平。"

菲力普·弗朗西斯爵士——他也许就是《朱尼厄斯信函》的作者——谴责这段文字是"彻头彻尾的夸夸其谈"，接着又有些令人吃惊地写道："只此一次，我希望你能够容许我来教教你英语写作。对于我——一个愿意读完你全部文字的人来说——这将是莫大的安慰，而对于你来说这也算不上贬损。为什么你就不愿相信，惟有精益求精，文字方有长远价值？"

正如我前面的引文呈现的那样，伯克大量地使用暗喻。它们与文章的素材相交织，就如同里昂的织工将一种色彩的丝线与另一种色彩交织在一起，创造出闪光绸一般亮闪闪的织物一样。伯克当然像其他作家一样大量使用福勒所说的"自然比喻"，但他也常常自如地运用福勒称为"人工比喻"的手法。这给了他的抽象概括以具体的质感，通过实实在在的意象来加强某个观点。但与某些现代作家不同，伯克会小心地避免把某个暗喻用尽，而现代作家却会对暗喻的每一层引申之意都穷追不舍，就像蜘蛛把它那张网的每一根蛛丝都跑了个遍一样。这里有一个很好的例子能够展示伯克的水平："的确，当你穷困潦倒时，你的房屋会荒废失修；但你总还拥有这座高贵城堡的几段城墙和完整的地基。城墙你还能修复；地基之上你还能重建。"

另一方面，伯克对明喻使用较少。现代作家真应该学学他的榜样。最近，一股可怕的流行病在文坛中爆发了。明喻成堆地聚集在我们那些年轻作家的书页间，就像年轻人脸上的青春痘一样密密麻麻的，甚是丑陋。明喻有它的用处。它既能让你想起一件熟悉的事物，从而让你更清晰地看到类比的主题，也能通过提及一件你不熟悉的事物来集中你的注意力。但仅仅把它当作一种装饰却是危险的；用它来炫耀聪明是令人厌恶的；而在既不美观又不动人的情况下使用它更是荒唐的。（例如："月亮在树顶颤动，就像一个巨大的牛奶冻。"）当伯克使用明喻时，他的辞藻依然一如既往地华丽。下面是他最著名的一段比喻："但就我们的国家和我们的种族来说，只要那座承载着我们的教会和国家的坚实大厦、那座圣堂、那神圣中最神圣的古法，在崇敬和权力的护卫下坚不可摧地屹立在不列颠锡安①的山顶，既是一座堡垒又是一座神殿——不列颠的君主制，在国家秩序的限制和守护下，就将如同骄傲的温莎城堡一样端坐在同它一样古老的双环塔楼的拱卫中，气势恢宏，屹立不倒；只要这座令人敬畏的堡垒俯瞰守护着这片王化之地，低洼肥沃的贝德福德平原

---

① 圣经中指耶路撒冷及以色列，引申为圣地的代称。

上的土丘和堤坝就无需畏惧所有法国平等主义者①的铁镐。"

我们作家中很少有人会注意分段；当我们觉得应该通过分段给读者一个小小的喘息时，通常总会那么做，不管这样分段的语感如何。但段落划分应当不仅仅考虑内容长度，而且要考虑内容分量。段落是有着统一表达目的的句子的集合。因此段落应当处理单个主题，并排除所有不相关的内容。正如同"散句"中的修饰部分不应该超过被修饰部分一样，一个段落中次要的内容也应当服从主要的内容。这也正是文法家们给我们的告诫。伯克一丝不苟地遵循着这些原则。他最完美的段落总是以短句开门见山地说明主题，吸引读者的注意，接着跟上一连串中等长度的句子或一个气势磅礴的长完整句，措辞的丰富性和力度也越来越强，直到在段落当中或稍稍偏后的位置达到高潮；最后他的语调放缓，句子长度也随之变短，段落有时突然地宣告终结。

我先前谈到过，伯克的文风在很多方面都受益于他在公共演讲方面的经验；但这也给他带来了一些的缺陷，可能会给一些吹毛求疵的批评家们留下话柄。在他那篇著名的关于阿考特总督的债务问题的演说中，他问了一长串的反问句。这也许在众议院能够产生良好的效果，但印刷成文后读起来却很焦躁，很累人。演讲给他带来的另一个弊病是过于频繁地使用感叹句。"如果他们都能记住那不可切断的纽带，记住他们各自的位置，那该有多好啊！幸福啊，如果导师能够满足于延续未被野心腐化的学识，而非渴望着成为主人。"他频繁使用倒装句式，颇有些古韵，这样的手法现在已经很少使用了；这主要是用来避免简单的主谓宾语序所带来的单调感，同时还能通过前置来强调重要的句子成分。但像"私人恩怨我与他们从未

---

① 平等主义者的英文 leveller 还有铲平之意，同前文的土丘堤坝相呼应，一语双关。

结下"这样的句子就需要用真实的重音朗读听上去才自然。另一方面,我想也正是归功于他的公众演讲经历,伯克才能够巧妙地使一连串的短句具有音乐般的语调和高贵的音韵,正如他构建由一长串华丽从句组成的长完整句时一样;这一点在《致一位尊贵阁下的信》中得到了最完美的体现。这封信中,伯克一定是本能地察觉到,当他试图以年老体衰,痛失爱子博取同情时,必须着力于简洁。这段话深深地打动人心:

"暴风雨席卷了我;我躺在地上,就像那些刚刚被飓风刮倒,散落在我四周的老橡树。我身败名裂,被连根拔起匍匐在地……我形单影只。我已无力应对城门之外的敌人了。是的,阁下,在这样艰难的时刻如果我还以为自己愿意拿一捧救命的稻穗来换世上所有那些叫做荣誉和名望的东西,那我是在深深地欺骗自己。那是只属于少数人的趣味。那是一种奢侈,一种特权,一种悠然自得的放纵。但我们所有人都天生会躲避羞辱,就像我们天生躲避痛苦、贫穷和疾病一样。这是一种本能;在理智的指引下,本能永远是正当的。但我生活在颠倒的秩序中。应当继承我的人先我而去了;我的后代却去了我祖先的地方。这个虔诚之举是为了我那最亲密的人(他将在我的记忆中永存);为了他,我必须向世人证明,他的父亲不像贝德福德公爵希望的那样是一个可耻的人。"

这段话中,最精彩的词确实都放在了最精彩的位置上。这里没有多少如画的意象,没有任何浪漫的比喻,却证明了赫兹利特对他的评价所言不虚:他是除杰里米·泰勒之外最具诗意的散文家。我认为在这段韵辞的优美旋律中,在这些简单字句的精妙选择中,你甚至能够预见到华兹华斯最伟大的精髓——希望我这样说不要被看作是文学自负。如果我的这篇文章能够说服哪位读者亲眼见证伯克的伟大,那我极力推荐他读一读《致一位尊贵阁下的信》。

这是一篇最伟大的英语檄文,而且很短,只要一个小时就能读完。它简单明了地展现了伯克所有的惊人天赋、他书面化和口语化的文风、他对警句和讽刺的妙用、他的智慧、他的理智、他的哀思、他的义愤和他的高贵。

对于某本书的思考

116

I

每天清晨五点差五分，康德教授的仆人兰普准时叫醒了他。五点钟，康德穿着拖鞋、晨衣和睡帽，睡帽上面还戴着一顶三角帽，坐在书房里准备用早餐。早餐是一杯淡茶和一斗烟。接下来的两个小时康德用来思考当天上午的讲座内容。然后他更衣下楼；讲堂就在他家的底楼。他从早上七点讲到九点。他的讲座广受欢迎，想要找到好位置你必须六点半之前就赶到。康德坐在一张小桌子后，用谈话的语调轻声讲课。他很少打手势，而是用幽默和丰富的例证来生动讲课内容。他的目标是教会学生独立思考，因此不喜欢学生们埋头苦记自己说的每一个字。

"先生们，不要这样写个不停，"有一次他这样说道。"我不是神谕。"

他习惯于把目光聚焦在离他最近的学生身上，通过他脸上的表情判断他是否理解了自己的话。但一件小事就能分散他的注意力。有一次一个学生外套上少了一粒纽扣，结果打断了他的思路；还有一次一个困倦的年轻人不停地打哈欠，康德于是停下来说道：

"如果一个人无法抑制地要打哈欠，那么根据礼仪他应当用一只手遮住嘴。"

九点钟康德回到房间，换回晨衣、睡帽、三角帽和拖鞋，继续他的研究，一直到下午一点差一刻。这时他起身向楼下的厨娘喊话，告诉她开饭时间，然后换好正装，回到书房，等待前来午餐的客人。

客人的人数从来都在两人到五人之间。康德无法忍受独自进餐。据说有一次他实在找不到人陪他吃饭，便让仆人上街随便带一个人进来。康德一贯要求厨娘准时备餐，客人准时到达。他习惯在他希望客人出现的那一天才发出邀请，这样他们就不至于为了同他一道午餐而放弃其他的预约。有一段时间一位克劳斯教授除了星期天外天天都来他家吃饭，可康德依然坚持每天早上都向他送去邀请。

客人一旦到齐，康德就会吩咐仆人上菜，自己去客厅里取银勺子——他把这些宝贝和钱一起锁在一张书桌里。客人们在餐厅落座后，康德便说："开始吧，先生们。"然后大吃起来。饭菜很丰盛。这是康德一天里唯一的一餐饭，有汤、有豆荚烧鱼、有烤肉，最后还有奶酪和时令水果。每位客人面前都有一瓶红葡萄酒和一瓶白葡萄酒，这样他就可以自由选择。

康德喜欢说话，而且喜欢一个人说，如果有人插嘴或反驳他会很不高兴。不过他的话非常令人愉快，因此很少有人介意由他来垄断整场谈话。他曾在一本书中写道："当一个缺乏经历的年轻人参加一场规格档次超乎他想象的聚会时，他很容易在开口说话时感到窘迫（尤其是在有女士在场的情况下）。这时，以报纸上的某则新闻作为开场白是很不合适的，因为别人不明白他究竟为什么要说起这个。他这时一定刚从街上走过，因此谈论坏天气是最佳的引子。"尽管他自己的餐桌前从来没有出现过女士，但康德还是一向惯于用这个方便的话题作为谈话的起始点。接着他会转向当天的国际国内新闻，然后由此谈及旅行者的见闻故事，异邦的奇特习俗，一般文学以及食物。最后他会讲些幽默故事。他的故事很多，而且讲得有声有色。这么做照他的说法是为了"让用餐在笑声中结束，这样可以促进消化"。他喜欢把午餐拉得很长，客人直到很晚才起身离席。客人们离开后康德不愿立刻坐下，免得瞌睡。他绝不允许自己打瞌睡,因为在他看来睡眠应当尽量节制,这样可以节省时间,延长生命。餐后他习惯作午后散步。

康德是个小个子,身高刚刚五英尺,胸廓也窄,两只肩膀一高一低,人瘦得皮包骨。他长着一只鹰钩鼻,但眉毛很好,肤色也很洁净。他的蓝眼睛虽然很小但很精神、很敏锐。他着装整洁漂亮,戴着一副金色的小假发,打一条黑领带,着一件领口和袖口绣花边的衬衫。他的外套、裤子和背心的质料精良,配着灰色的丝绸长袜和绣着银扣的鞋子。他的一只胳膊下夹着那顶三角帽,另一只手中挂着一根金头手杖。每天不论天晴还是下雨他都要散步,而且不多不少一个钟头。但如果天气过于恶劣的话,仆人就会跟在身后为他撑起一顶大伞。他唯一一次没有散步是当他收到卢梭的《爱弥尔》时。那本书他读得爱不释手,结果在屋里呆了三天。他散步时走得很慢,因为他认为出汗对自己有害;而且他喜欢一个人走,因为他习惯用鼻孔呼吸,这样做在他看来是为了避免着凉——如果他和同伴一起散步的话,出于礼貌就不得不说话,那样就只能用嘴呼吸了。他每天一成不变地走着相同的路线——按照海涅的说法,他总是沿着林登街走上八个来回。他每天离家的时间也是分毫不差,镇上的人都能根据他出门的时间来对钟。回到家后康德返回书房读书写信,直到天色变暗。这时,他习惯把目光对准附近一座教堂的尖顶,接着思考此时恰好占据着他思维的问题。关于这点还有一个故事:一天晚上康德发现,他怎么也看不到那个尖顶了,原来是旁边的几棵杨树长得太高,遮住了尖塔。这让康德坐立不安。幸运的是杨树的主人同意剪去树顶,这样康德就能继续怡然自得地思考问题了。九点四十五分,康德停下了他繁忙的工作。十点钟前他已经安稳地裹在被中了。

但就在1789年七月中旬到月底的某一天,康德踏出房门作午

118

后散步时，没有走向林登街，而是走了另一个方向。哥尼斯堡的居民惊讶万分，纷纷议论世上一定是发生了什么不得了的大事。他们猜对了。康德刚刚得到消息：七月十四日巴黎的暴民攻陷了巴士底狱，释放了囚犯。法国大革命开始了。

康德出身贫寒。他的父亲是个马具匠，品德高尚，他的母亲是个十分虔诚的信徒。关于父母康德这样说道："他们给与我的教育从道德角度来说是完美无缺的。每当我怀念他们时，心中都对此感激不尽。"他其实还可以进一步说，母亲严格的宗教信仰对他最终形成的哲学体系同样产生了重要影响。康德八岁上学，十六岁时进入哥尼斯堡大学。此时他的母亲已经去世。他的父亲很穷，除了支付他的食宿费用外无力给他更多的帮助。他从一个鞋匠叔叔那里得到过一些经济支持，他自己也做过家庭教师，而且——令人意外的是——还凭着他在台球和奥伯尔牌戏上的本事赢了点儿钱，这才读完了六年大学。父亲死时，康德二十二岁，他的家庭就此解体。康德太太为丈夫生了十一个孩子，活下来的有五个：本文的主角康德本人、一个比他年幼许多的弟弟和三个女孩儿。姑娘们后来都做了用人，其中两个嫁给了同阶层的人，小弟弟由鞋匠叔叔照料。而康德在没能申请到一所当地学校的助理职位后，先后在数个外省乡绅家中做过家庭教师。他因此得以融入一个在举止礼仪方面远胜自己出身阶层的社交圈，从而培养出了后来令他卓尔不群的翩翩风度和优雅举止。就这样他度过了九年光阴。后来他取得了学位，在哥尼斯堡大学成为了一名讲师。他住在公寓里，吃饭时选择那些有可能遇见好伙伴的小饭馆。但他十分挑剔。一次他被公寓里一只公鸡的叫声干扰了思考。他试图把这只鸡买下，但主人不愿意，于是他只好搬家。还有一次他搬家是因为一位同住的客人谈话过于乏味，另一次是因为大家希望他就学术问题做长篇大论，而这恰恰是

他不愿意的。多年以后康德的经济情况才有了好转,能够买下一座
自己的房子,还有一个仆人来照料起居。房子里的家具很少,屋里
唯一的一幅画是一位朋友送给他的卢梭肖像。墙壁原先粉得雪白,
但随着时间的推移逐渐被油烟熏得漆黑,你甚至都能在上面写名
字;一次一位客人真的这么干了,康德温和地批评了他。

"朋友,你为什么要扰动那经年的尘埃呢?这自然而然形成的
帷幔难道不比金钱买来的要好吗?"

尽管康德活到了八十岁,但他从来没有离开过出生的小镇六十
英里。他身体时常不适,鲜有不受病痛折磨的时候。但他凭借意志
力能够将注意力从身体的感觉上转移开,就好像它们与自己无关一
样。"他喜欢说,一个人应该学会适应自己的身体。"他性格开朗,
对所有人都友好体贴;但他十分拘礼。他尊重别人,也希望别人以
相同的尊重回敬他。当他声名鹊起时,人们纷纷热切地想要见他一
面,于是找中间人牵线搭桥,邀请康德来自己家中做客;但康德总是
要求这些人先来他家作礼节性的拜访,然后才答应回访,不论他们
是怎样的名流。

II

我刚才对康德其人及其生平做了一个简要的介绍,为的是激发
读者对这位大哲学家的兴趣,好引诱他有足够的耐心读完我下面将
要展开的对其一本著作的读后感。这本书有一个有些令人望而生
畏的标题:《判断力批判》。这本书讨论了两个主题:审美与目的
论。这里我想第一时间澄清,我只打算讨论第一个问题——审美。
而且对于自己的观点我也不敢抱太大信心,因为我完全清楚我一个
小说家胆敢涉足这样的问题,一定会被认作自以为是。我不想装哲
学家,我仅仅是一个终身热爱艺术的人。我只敢说,我通过自身经

验了解一些创作的过程;而作为一名小说家,我也能够不失偏颇地看待审美的核心主题——"美"。小说是一门艺术,但不是完美的艺术。伟大的小说可以讨论人类心中的所有激情,窥探他那多变而哀伤的灵魂深处,分析人际关系,描述文明或是创造不朽的人物;但美却只有在某个字被意外误用时才会出现在小说中。我们小说家不得不将美留给诗人。

但在我开始评论康德的审美观点之前我必须告诉读者一件奇怪的事:他似乎完全没有审美感官。一位传记家如是写道:"他似乎从不对绘画或雕刻表现出任何兴趣,即便对其中的珍品亦是如此。哪怕他站在收藏有倾国倾城的艺术品的画廊中,我也从未注意到他曾把目光转向这些杰作,或以任何方式表现出对艺术家技艺的欣赏。"他不是十八世纪的人们所说的那种"多愁善感之人"。他两次认真地考虑过婚姻问题,但他花了太长时间思考这一步的利与弊,结果一位他心中有意的年轻女士另嫁他人,另一位在他做出决定前离开了哥尼斯堡。我想这足以说明他没有坠入爱河,不然的话他肯定能轻而易举地为心中的渴望找出充足的理由,即便他是位哲学家。他的两个已婚姊妹也住在哥尼斯堡,但康德在二十五年里没有和她们说过一句话。他对此的理由是,他没有什么要对她们说的。这听上去很理性。尽管我们不由地哀叹他缺少心肝,但当我们回想起多少次我们的胆怯迫使我们绞尽脑汁地同那些与自己除了血缘关系外没有任何其他共同之处的人没话找话时,我们又不得不佩服他的意志力。他只有关系很近的熟人,却没有朋友;他们生病时他也从不去看望,只是每天派人前去问询。他们死时康德只是说:"让逝者在逝者中安息吧,"然后就把他们抛出脑外。他感情既不冲动也不外露,但和蔼、慷慨(在他那份微薄家产的限度内)、乐于助人。他有深邃的智慧和惊人的思辨力,但他的情感天赋非常贫瘠。

因此,康德居然能就这个涉及情感的问题发表这么多睿智且深刻的见地,这不能不令人愈发惊讶。在他看来,美当然是脱离于客体的。客体仅仅给了我们某种特定快感的语言符号。康德还发现艺术能赋予那些本质上丑陋的事物以美感。不过对于这一论断他有所保留地承认,某些事物的艺术表现形式是如此丑陋,以至于令人作呕。这一点某些现代派画家最好牢记。他还暗示,当实际经验过于平凡时,艺术家可以通过想象使自然素材升华为超越自然的艺术。凭这一点我们几乎可以认为康德甚至预见了当代抽象艺术。

一个哲学家的思维很大程度上是由其个性决定的。因此我们不难料到,康德对于美学问题的研究方式是纯理性的。它的目标是要证明美所带来的快感完全是思维的结果。他对这一论题的切入点也很有意思。康德首先在愉悦和美之间做出区分。他认为美所带来的快乐是不受任何利益影响的;而愉悦是感官接受到的快乐,因此愉悦产生倾向性,而倾向性则与欲望以及利益紧密相连。一个简单的例子就可以说明康德的观点:当我看着柏埃斯图姆的多利斯风格的神庙时,我所感受的快乐是不受任何利益影响的,因此我可以很肯定地把这称作"美";可是当我看见一只熟透的桃子时,它在我心中激起的快乐就不无利益关系了,因为它勾起了我品尝的欲望,因此只能称作"愉悦"而非美丽。各人的感官不尽相同,因此令我愉悦之物可能会令你无动于衷。我们每个人都可以根据个人品味评判愉悦,这一点是毫无疑问的。愉悦带来的满足仅仅是一种快感,因此康德声称它毫无价值。这是个很难让人接受的论断。在我看来对此的唯一解释就是康德坚信只有思维能力才具有真正的价值。既然美是脱离于感官的(因为感官必定与利益瓜葛),那么色彩、魅惑和情感这些仅仅带来快感的感官事物就与美毫无关系。这个结论当然令人诧异。尽管乍听起来十分荒唐,但康德之所以会做出这样的论断,其逻辑还是十分清晰的。人类的感官能力各不相同。假如美依赖于感官,那就不存在一个标准的评判法则,美学也将不复存在。假如对于美的判断——或者我们可以简单地将其称为审美——要具备任何准确性,那它就不能依赖飘忽不定的感觉,而必须依靠精神活动。当你试图判断一件物体的美学价值时,你必须抛弃一切杂质——诸如那些诱人的色彩,还有你心中激荡的情感——而仅仅专注于它的形式;如果你能够在想象和理解(两者皆为思维能力)之间捕捉到某种和谐的统一,你就能获取快乐,从而肯定这件物体的美学价值。

在完成了这一思维步骤后,你就有理由要求所有人都认同你的判断。判定一件物体的美学价值不是基于概念定义,而是基于它所带来的快乐,因此属于主观判断。但尽管如此,它依然具有普遍的准确性,你也有权声称所有人都应当在经你认定具有美学价值的物体身上发现美。事实上认同你的判断是他人的责任。康德为此论断作了如下辩护:“当一个人认识到某客体为他带来的快乐不受任何个人利益影响时,他将毋庸置疑地视此客体具备某种为所有人带来快乐的特质。因为既然此种快乐不是基于任何主观倾向(或任何其他个人利益),那么主体对此客体的钟爱也就完全与主体自身无关,因而主体所感受到的快乐也与主体自身的一切个人因素无关。因此主体就能假定他人身上同样具备感受此种快乐的条件,从而坚信所有人都应当能感受到相似的快乐。”

不过有迹象表明康德自己也觉得这一论证缺乏说服力。或许他甚至想到想象和理解并不比感官更坚实,因为很显然,没有哪两个人的思维能力是完全一样的。哥尼斯堡里也许有很多人比我们的哲学家更富想象力,但没有人具备和他一样扎实的理解力。康德不得不假定我们可以凭借人类共有的感知力在判断"什么是美"这一问题上达成共识。但他本人也随即承认了人们经常对这一问题判断失误,因此他的假定并没有多少说服力。在另一篇论述中他认为人们对美的兴趣并不一致——可如果人类真的在这方面具有某种共同的感知力,那所有人都应该对美怀有同等的热爱了。在一篇叫做《审美判断的辩证法》的文章中,康德声称,唯一能够挽救审美普适性的方法就是假定在客体和判断主体之上存在一个"超感体"。如果我理解正确的话,那康德的意思就是说,美的客体和体验到美的主体都是现实的体现,而现实只有一个——两者事实上都是相同的丝线织成的同一套衣裤。但我认为这样的论述缺乏说服力。假定审美是全人类共有的感知力在我看来是想徒劳地证明一个完全违背经验的结论。如果说由美而生的快乐是主观的话——这一点康德当然极力坚持——那它的产生一定离不开鉴赏者本人的个性及其独特的思维和感知。尽管我们都是古罗马-希腊文明和希伯来文明的继承者,因此具有很多共性,但我们当中没有哪两个人是一模一样的。尽管对于一些熟悉的事物我们或多或少能对其美丽达成共识——也许仅仅是因为我们都对它们耳熟能详——但毫无疑问,对于美的判断我们各人之间的差异丝毫不比我们对愉悦的判断小。

康德随后声称,如果你通过前文所述的步骤确定了一个客体的美,那你不但能够将你心中由美而生的快乐(一种感觉)普推至所有人,而且能够假定你的快乐(一种感觉——我重申)是可以普遍传递的。这在我听来非常奇怪。我一直认为感情的奇特之处就在于它不可传递。当我看着乔尔乔涅在弗朗科堡所绘的圣母像时,如果我有语言天赋的话我能够向你描述我心中的感受,但我没法让你心中涌起相同的情感。我能告诉你我坠入了爱河,甚至向你诉说爱在我心中燃起的激情,但我没法将我的爱传递给你,否则的话你和我就会同时爱上同一个对象,那我可就尴尬至极了。我们的情感当然是由我们的个性决定的,这一点毫无疑问。我可以毫不夸张地说,没有哪两个人眼中的诗和画是一模一样的。至于康德为何会认为感情是可以普遍传递的,我想这只能归因于他坚信感情是可以忽略的,除非它能通过想象和理解催生思维;而既然思维可以通过我们天然的认知能力普遍传递,那么催生思维的情感也应该能够传递。这也许就是康德如此坚持审美纯思维性的原因。

但思考是一种被动状态。它无法带来欣赏佳画,阅读美诗时的那种冲击审美感官的激动、兴奋和屏息感。它能很好地描述人类对愉悦的反应,但完全无法描述美的冲击。我很难相信有人真的能用"思考"那种不温不火的情绪读莎士比亚和弥尔顿,听贝多芬和莫扎特,看艾尔·格列柯和夏尔丹。

III

康德的情感可传递性理论很自然地引发了人们对于传递问题的思考。艺术家——不管是诗人,画家还是作曲家——毫无疑问都通过作品传递信息,但美学理论家们却就此推断传递信息正是艺术家的创作动机。这一点我认为他们错了。他们没能充分审视创作过程。我认为当一个艺术家开始着手创作一部作品时,他并没有抱着理论家们所揣测的那种动机。如果他的目的真的是为了传递信息,那他就是一个宣传家、鼓动家,而非艺术家。我很清楚小说家的创作过程:一个想法不知从何处闪入脑海,他给它起了一个宏大的名字——灵感。它就像钻入牡蛎壳内的小沙子一样微不足道,但激起的扰动却最终创造了珍珠。不知为何这个想法令他激动,激发着他的想象;思绪和情感从潜意识中涌出,许许多多的人物浮出脑海,围绕着他们一幕幕事件也呼之欲出——人物是通过行为而非描述得到体现的——直到最后他的脑海中充斥着一大团混沌无形的素材。有时——但不是每次——他能够从素材的图案中发现一条道路，引领他穿过这片情感和思绪的混沌丛林，直到最后他的精神完全被这团迷茫所占据；为了将灵魂从这无法忍受的重负下释放出来，他不得不把一切都诉诸笔尖。创作完成后他终于重归自由。至于读者从作品中获取了什么，那就不是作家的考量了。

我认为这一描述同样适用于风景画家，像年轻的莫奈和毕沙罗。画家不能告诉你为什么某处景致——譬如一条弯弯的河道，或是夹在无叶落木中的一条雪中路——会在他心中唤起无名的激情，引发他的创作欲，让他感觉素材就在眼前。而既然大自然使他成为了一名画家，那他就能够把这种情感转化成形与色的布局。这尽管满足不了他自己的感官——我怀疑没有哪个艺术家能够完全达到心灵之眼所见的目标，不管他从事哪种艺术——但却能缓解内心的创作激情；那既是他的快乐，又是他的折磨。但我相信他从未意识到自己正在向未来的观众传递信息。

这一描述对于诗人和作曲家同样适用。坦率地讲，我之所以选择用绘画而非音乐或诗歌为例，那完全是因为绘画讲述起来更简单。看一幅画只需一眼。当然我并不是说你只需一瞥就能领悟一幅画作的全部内涵；那不但要求你具备领悟的能力，还需要你的持久与专注。诗歌是语言的艺术，而语言充满了联想，在不同的国度和文化中联想也各不相同。语言通过含义和声韵感染人，因此同时影响着感官和思维。而绘画的唯一意义就在于它带给你的审美快感。至于音乐我不敢多说；究竟是什么样的神奇天赋使人类创造了音乐，这在我看来是艺术创作之路上的最大谜团。而康德居然把音乐（和烹饪一道）归入最下等的艺术之列，这不能不令人咋舌。他的理由是,尽管音乐是最受欢迎的愉悦艺术,但它却完全是感官的。康德有这样的观点也纯属自然,因为他一向按艺术对于思维的贡献来衡量其价值。不过他对诗歌却评价甚高,因为诗能激发想象,突破概念或严格定义的语义限制,释放更多的思绪。"造型艺术中",康德写道,"我最欣赏绘画,因为它最能深入思维的疆域。"

IV

　　既然我原本就不打算把这篇文章写成哲学论文,而仅仅是探讨一个我感兴趣的话题,因此我想说两句题外话也并不为过。知识界对于审美的态度和几乎所有的美学评论家相同。这或许是不可避免的,因为他们不得不理性地解读一个原本就和理性几乎无关,却差不多纯属情感范畴的问题。罗杰·弗莱[①]就是这样做的。罗杰富有魅力,文笔清晰,对绘画也略有涉猎,是位德高望重的艺术评论家。但就像我们绝大多数人一样,他也会被自身所处时代的一些偏见所左右。他声称艺术作品应当在自由的审美冲动中酝酿,因此极力批判那些坚持自己的意愿,不允许艺术家天马行空的赞助者。他还非常瞧不起肖像画,因为在他看来,创作肖像画的目的是为了让主顾显示自己的社会地位或获取名望。他把那些接受肖像画工作的画家看做无价值的,甚至是有害的社会寄生虫。罗杰把艺术作品分为两类——"一类是艺术家自由表达真实审美冲动的作品,另一类作品是艺术家用雕虫小技取悦无力欣赏美的公众。"这听上去非常地傲慢。古埃及的法老给自己树立了巨大的雕像,其目的同希特勒和墨索里尼在墙上贴满自己的画像并无二致,都是为了将自己的

---

① 罗杰　弗莱(1866—1934),英国画家,美术评论家,推崇后期印象派画家,曾任剑桥大学美术教授,著有《塞尚》、《美术和构图》等。

形象深深印入臣民的脑海。① 我们还有贝利尼的总督像、提香的《戴手套的男人》、委拉斯盖兹的英诺森教皇像，这些作品都能证明肖像画也能够成为美的艺术精品。我们也没有理由认为这些画的主顾不满意。如果菲利普四世真的对委拉斯盖兹的画不满意，那他绝不会如此频繁地为他做模特。

罗杰·弗莱的论证漏洞在于他错误地假定艺术家创作一件作品的动机同评论家或一般观众有任何关系。如果他自己是小说家的话，那他也有可能会动笔写一本嘲笑其他小说家的作品，就像菲尔丁写《约瑟夫·安德鲁斯》嘲笑理查逊那样。但在创作本能的推动下，写作变成了他自己的快乐。我们知道，狄更斯曾经受邀就一个他并不感兴趣的话题写书，替一位著名漫画家的插图配文。他接受这份工作纯粹是为了每月能挣十四英镑。但凭借着旺盛的精力、源源不断的幽默感和栩栩如生的人物塑造才能，狄更斯创作的这本《匹克威克外传》成为了英语文学中最伟大的幽默典范。说不定正是那些他不得不咬牙接受的苛刻限制激发了他的天才灵感，让他神奇地凭空创作出山姆·维勒父子这样的角色。我从未听说过有哪个技法娴熟的艺术家会被创作限制捆住手脚。当一位主顾要求作一幅描绘他和妻子跪在耶稣受难十字架下的肖像画时，不论他是为了沽名钓誉还是因为信仰虔诚，画家无论如何都能毫不费力地满足他的愿望。我相信这位画家绝不会认为主顾的意愿是对他美学自由的侵犯；相反，我更倾向于认为创作限制带来的困难反倒激发了他的灵感。每一种艺术形式都有其自身的限制。艺术家越有才能，就越能自由地在限制范围内发挥自己的创作本能。

---

① 而尽管创作动机并不自由，古埃及的雕塑毫无疑问是极具艺术价值的。这是作者这句话的未尽之意。

我们的父辈和祖辈中曾有人声称绘画是一门神秘的艺术,只有画家才能充分欣赏,因为只有他们才了解绘画的技艺。这种观点最早出现在法国,那里在过去的一百年里也是大多数美学理论的发源地。我印象中是惠斯勒把这种观点引入了英国。他坚称一般观众本质上都是庸俗主义者,应当像领受神谕一样接受艺术家对他说的每一句话。他唯一的用处就是掏钱买画,给艺术家提供衣食,而他对作品不论欣赏还是批评都一样无足轻重。这真是一派胡言。绘画技巧本身并无神秘之处,它不过就是艺术家用以达到目标效果的过程罢了。每一种艺术形式都有其技巧,这和一般受众没有关系。他们只关心结果。当你看到一幅画作时,如果你思维独特的话也许你会有兴趣审视作者是通过何种手法将色彩、光线、线条和空间的关系整合起来的;但这并不是作品传递给你的审美价值。你不但用眼睛看画,同时也在用自己的生活经历、本能的爱憎、习惯、情感等等——可以说是你的全部个性——在读画。你的个性越丰富,作品传递给你的内涵也就越丰富。那种认为绘画的奥秘只有它的门徒才能洞悉的说法在我听来非常愚蠢,尽管画家们会觉得它很入耳。这会误导他们鄙视某些评论家,只因为后者从作品中看到的东西从画家的职业角度来说无足轻重。但我想画家们错了。莱奥纳多·达·芬奇的《蒙娜丽莎》今天已经不是人人都能欣赏了,但我们都知道这幅画对沃尔特·佩特的影响。它传递的不仅仅是纯粹的美学价值;它能够对沃尔特那奇特的感官造成如此冲击同样也是这幅画的一个重要价值。

卢浮宫里有一幅德加的名画,人们习惯于把它叫做"苦艾酒",但它事实上描绘的是一位当年广为人知的雕刻师和一位名叫艾伦·安德烈的女演员。他俩之间的关系在他们那个行当里根本算不上丑闻。画面中两人并肩坐在一家小破酒馆里铺着大理石面的

桌子前,周围环境肮脏庸俗。女演员的桌前放着一杯苦艾酒。两人
衣衫邋遢,你甚至都能闻到他们那肮脏的衣物和身上长时间不洗澡
发出的臭味。此刻两人正醉醺醺地倒在长沙发上,脸色凝重阴沉。
他们无精打采的神情中有一种无动于衷的绝望,你能感觉到他们已
麻木地自暴自弃,并在无耻的堕落中越陷越深。这幅画并不漂亮,
也不令人愉悦,但它却是世界上最伟大的作品之一,给人带来的是
真正的审美冲击。我当然能够发现这幅画高超的构图、漂亮的色彩
和坚实的线条,但对我来说它的价值远不止这些。当我站在这幅画
前时,我的感性突然敏锐起来;在我的思绪背后,在意识和潜意识之
间,我想起了魏尔伦和兰波的诗,想起了《玛奈特·萨洛蒙》①,想起
了塞纳河岸的码头和它们的二手书店,想起了圣米歇尔大街和那些
古老肮脏的街道上的咖啡店和小酒馆。我敢说从仅仅考虑美学价
值的审美角度来看,这些联想都是不应提倡的。但我为什么要在乎
呢? 这些联想大大增添了作品给我带来的快感。这样一幅能够带
给人无限遐想的作品,其创作源泉怎么可能像著名的评论家卡米
尔·莫克莱尔所说的那样,全是因为德加迷上了前景中大理石面桌
子的矛盾视图呢?

　　不过现在我有必要向读者做一个坦白。我一直在轻巧地谈论
"美",就好像我很清楚它的含义似的。但事实上我并不确定。美
当然有其内涵,但那究竟是什么呢? 当我们说一件东西很美时,我
们究竟为何说出美这个词呢? 除了表示它带给我们一种奇特的感
觉之外,美还有什么其他含义吗? 我注意到这个词同样困扰着美学
评论家们;有些人甚至完全避免使用它。一些人声称美存在于和

---

① 法国作家龚古尔兄弟的长篇小说,通过讲述一位画家与其模特儿兼情妇玛奈特·萨
　洛蒙的故事,全景式地描绘了 19 世纪巴黎的艺术界。

谐、对称和形体关系。另一些人说美就是真与善；还有些人坚持说美仅仅是令人愉悦之物。康德对美做出了好几个定义，但它们都倾向于支持他关于美所带来的快乐是思考之乐的观点。尽管和我个人的发现完全相悖，但康德似乎坚信美的不可改变性，这一观点许多美学评论家也都赞同。济慈在《恩底弥翁》里的第一句话也表达了相同的观点："一件美丽的事物是永恒的快乐。"这句话可能有两种理解：其中之一是，只要某一客体保有它的美，那它就能永远给人快乐。但既然美的本性就是给人快乐，我想这就落入了哲学家们所说的"分析命题"，因此没有告诉我们任何先前未知的信息。济慈这样的聪明人是不会做出这么无足轻重的命题的。我想他的意思只能是说美丽之物必将永葆美丽，因此永远是快乐之源。可他又错了。美丽就像世上万物一样，只能是昙花一现。有时它的生命周期很长，就像古希腊的雕塑，凭借希腊文明的声望和它对人体的塑造，为我们提供了人体美的理想典范。但随着我们对中国艺术和黑人艺术的了解，眼下即便是希腊雕塑也在很大程度上丧失了对艺术家的吸引力，不再是灵感的源泉了。它的美也在逐渐消亡。我们从电影中就能对此窥见一二。导演们不再像二十年前那样根据古典美来选择主角了，而是看重他们的表情传递和其他体现人格个性的外在表现。导演们这么做只能是因为他们发现了古典美的日渐式微。美的生命有时非常短暂。我们都还记得年轻时那些曾给我们带来真实审美冲动的画和诗，但现在美已经离它们而去了，就像水从一只漏底的罐子中流走一样。美依赖于感性氛围，而感性氛围会随着时间的变化而变化。新的一代人会有着不同的需求，寻求着不同的满足。我们会对过于熟悉的东西感到厌倦，转而追求新的事物。十八世纪的人对于意大利文艺复兴早期的画作不屑一顾，认为那不过是些笨拙、幼稚的艺术家的拙作而已。这些作品在那个年代美丽吗？不。是我们赋予了它们美。很可能这些作品在我们眼中的可贵之处完全不同于作品诞生之时的那些早已离世的艺术爱好者们的视角。约书亚·雷诺兹爵士曾在《第二论》中推荐卢多维科·卡拉奇作为绘画风格的典范，认为他臻于完美。"他对光影范围的运用毫不做作，"约书亚写道，"简洁的色彩既有品味，又分毫不会分散观摩者对主题的注意力。画中弥漫着庄严的晨光，在我看来相当符合严肃庄重的主题，胜过提香画中人为的炫目阳光。"赫兹利特是一位伟大的评论家，也是一名画家，曾为查尔斯·兰姆画过一幅尚可的肖像。他曾经如是评论柯勒乔："他在绘画艺术的许多不同方面都展示出无与伦比的卓越才能。""一想起他，"赫兹利特雄辩地问道，"有谁能不（激动得）头晕目眩呢？"嗯，我们能。赫兹利特认为圭尔奇诺的《恩底弥翁》是佛罗伦萨最伟大的画作之一。我怀疑今天的人对这幅作品最多也就一瞥而过。这些例子并不能说明伟大评论家们在说胡话；他们只是表达了那个年代的上流审美观。美其实只是在一个特定的历史时期产生特定的愉悦之情，于是我们就称那些愉悦之物为美。而它们之所以令人愉悦，仅仅是因为它们符合那个时代的某些需求。认为我们的观点会比我们的父辈更准确，这样的想法是愚蠢的。可以肯定我们的后代也会带着相同的疑惑看待我们的观点，就像我们看待约书亚爵士对佩莱格里诺·蒂巴尔迪的高度赞誉和赫兹利特对圭多·雷尼的热烈仰慕一样。

V

我刚才已经说了，在美的创造和美的欣赏之间有一道没有桥梁可以弥合的鸿沟。从我的话中读者不难推测出我的另一个观点：美的欣赏哪怕并不依赖于个人的文化修养，至少也会因文化修养而得到提升。这也是艺术鉴赏家和美学爱好者们的观点。他们甚至声称审美才能是非常罕见的。如果他们的话是正确的,那么托尔斯泰所说的"真正的美属于所有人"就会被推翻。康德的《判断力批判》中最有趣的部分也许就是他对"精神升华"的长篇大论了。这里我只需要向读者转述他的结论。康德指出,大山里的农民只会把山看做可怕危险的东西,就如远洋的水手把海看做阴险无常的元素一样。要从白雪皑皑的山脉和狂风怒号的大海中获取一种我们称作"精神升华"的愉悦,则需要一种对思维的接受能力和某种程度的文化修养。这种说法有一定的道理。农民能够从他赖以为生的土地上发现美吗?我想不能。美的欣赏当然不能受实际利益的影响,而农民却一心想着犁地开渠。从自然中发现美是人类的一个新近发现,是由浪漫主义时期的画家和作家们创造的。创造它需要闲情逸致和发达的文化,而欣赏它则不但需要摆脱实际利益,还需要有文化修养和对思维的接受能力。尽管这听上去让人不舒服,但我实在想不出怎么驳倒"美只属于少数精英"这一结论。

可接受这个观点却让我十分不安。二十五年前我曾买过一幅费尔南·莱热的抽象画。那是一组黑、白、灰、红色的方块、长方体和球体的组合,画家不知何故给它取名《巴黎的屋檐下》。我当时觉得这幅画并不美,但挺有创意,有装饰性。那时我有一个厨娘,一个脾气暴躁,喜欢吵嘴的女人。她会在这幅画前站上很长很长时间,仿佛入了迷一样。我问她从画中看出了什么。"我不知道,"她说。"可它就是让我高兴!"在我看来她体验到的是一种真实的审美激情,就像我在卢浮宫里格列柯的耶稣受难像前感觉到的一样。这件事(当然,只是个例)让我怀疑那种声称只有少数精英才能体验到艺术审美乐趣的观点可能过于狭隘。也许对于那些受过文化熏陶,个人经历宽广的人来说他们的审美快感会更细腻、更丰富、更敏锐,但没有理由认为那些境遇较差的人就无法体验到同等强烈与动人的快乐。能给后者带来快乐的东西也许美学家们会不屑一顾。但那又有什么关系呢？那个给济慈带来灵感，激发他写下那伟大诗篇的古瓮也不过就是一件古希腊-罗马时期的平庸雕塑品，但却给了他如此强烈的审美冲动，催生了英语文学中最美丽的诗篇之一①。康德简洁明了地表达了这一看法：美并不存在于客体本身。客体仅仅给了我们某种特定快乐的语言符号。而快乐是一种情感，因此我相信所有能够体验悲伤、喜悦、爱、温柔、同情的人也都能体验到美所带来的那种快乐。我倾向于认为托尔斯泰的话是对的，真正的美人人都能体验，只是应该把"真正的"去掉。世上并没有"真正的"美。美就是给你我带来那种欣喜与释放感的事物，就像刚才描述过的一样。不过为了论述方便我在行文中还是继续把它当做一个桌椅一样的实体（尽管它不是），独立于观察者而存在。

134

VI

说了这么多题外话，现在我必须回到主题——康德的审美论。下面我不得不探讨他的论文中最艰涩的部分：关于美的"目的性"和"目的"的讨论。而康德有时似乎把这两个概念当做同义词使用，使得理解变得愈发困难。本文的写作对象是一般的读者，因此到目前为止我一直尽力避免使用哲学专业词汇，但现在我不得不请求读者耐心听我解释康德对于目的和目的性的定义。康德的定义如下："目的是一个概念的对象，且此概念可被视作其对象的产生原因，即使此对象成为可能的真实基础。而此概念与其对象间的因果关系即为目的性。"为了使概念明晰，康德还给出了一个例子：一个人建了一座房屋，为的是将房屋出租；所以租屋就是他建房的目

---

① 指《希腊古瓮颂》。

的。但如果他事先没有产生收取房租这个想法，那么建房就根本不会发生。所以这个收房租的想法就是建房的目的性。我们的哲学家对某个自然现象作出的目的性解释颇有几分幽默感，尽管他可能是无意的："滋生在人类的衣服、头发、床铺上的寄生虫可能归因于大自然的一个智慧设计，是出于使人类保持清洁的动机，因为清洁是维护健康的重要途径。"但将寄生虫的创造归结于如此目的很难说是一个定论，只能说是一种想法。它可能只是一种有益的幻觉。我们在大自然中发现的所谓目的性可能只是由我们感官功能的特殊构造人为产生的。我们利用这样一种机制为自然万象寻找意义，以便找到我们自己在自然中的位置，使得我们能够更加自然地理解世界。

　　幸运的是我只需要讨论这个机制与康德的美学理论相关的部分。康德说，美是一个客体的"目的性"，且此目的性以一种与其目的体现相分离的形式被感知。然而，这个目的性却是不真实的；我们受本性中的主观需求所迫而将其归结于我们称作美丽的客体。比起抽象概念来我更擅长探讨具体事物，因此我一直在努力地寻找一个"目的性"与"目的"相分离的客体，不过这可不太容易，因为对目的性最简单的定义就是目的性以目的为特征。下面我斗胆尝试给一个例证。一只蛋壳瓷质地的饭碗就像威化饼一样薄，纤巧精美，其目的显然不是用来盛米饭。盛米饭这样的目的牵扯到实际利益，而审美的本质是脱离利害关系的。更何况这只饭碗的釉层下还画着令人惊叹的图案，你只有举碗向光才能一睹其容。这样的碗除了悦目外还能有什么其他的目的性呢？但如果康德的意思是说美丽之物的目的性就是产生快乐，那他一定会明说的。我隐隐觉得在他伟大的头脑背后他就是不愿承认快乐是构思一件伟大艺术品所能产生的唯一效果。

快乐向来身负恶名。哲学家和道学家们一直不愿承认快乐本身是好事,人们只是应当规避那些产生不良后果的快乐。我们知道,柏拉图就曾否定一切不能引人向善的艺术。基督教由于其鄙视肉体,纠缠于"罪"的倾向,一直视快乐为洪水猛兽,认为它不值得拥有不朽灵魂的人类去追求。我想之所以有这么多人不认同快乐,主要是由于人们总是把它与肉体享受联系在一起。这是不公平的。快乐不但有肉体的,还有精神的。如果我们承认性交如圣奥古斯都所说,是肉体快乐的巅峰(圣奥古斯都本人对此也有所了解),那我们同样可以说审美是精神快乐的巅峰。

康德说艺术家创造艺术品时心无旁骛,只想赋予作品以美。但我认为这不是事实。我相信艺术家创造作品是为了发挥自己的创作才能,至于他的创造是否美丽,这就纯属偶然了,连他本人也未必关心。我们从瓦萨里的记载中了解到,提香是个时髦多产的肖像画家,经验丰富,十分懂行。因此当他承接《戴手套的男人》这幅作品时,很可能一心只想着描绘逼真,好取悦顾客。但由于他本人的天赋和模特的天生气度,他居然创造了美,这是个快乐的意外。弥尔顿曾简明扼要地告诉我们,他作《失乐园》是出于说教目的。如果说他的行文段落间充满了美,那同样是个快乐的意外。也许美就像幸福和创新一样是可遇而不可求的。

拙文提笔时我本不想触及康德对"崇高"的讨论的,可是他坚持认为我们对美和崇高的判断是相近的,因为两者都属于审美判断;美和崇高背后有着相同的目的性(不幸的是他没有告诉我们为什么)且该目的性是完全主观的。"我们称某些事物崇高,"他说,"是因为它们使我们感觉到自己精神的崇高性。"当我们冥想波涛汹涌的大海和绵延无尽的喜马拉雅山脉时,我们的想象无法容纳心中涌起的情感。我们感到自己的无足轻重,但与此同时我们的精神也得到了升华;尽管满怀敬畏,但我们也意识到自己并不仅仅局限于感官世界,而是具备超越其上的能力。"大自然也许能夺走我们的一切,但却对我们的道德人格无能为力。"因此帕斯卡曾说:"人只不过是一根苇草,是自然界最脆弱的东西;但他是一根能思想的苇草。用不着整个宇宙都拿起武器来才能毁灭他;一口气、一滴水就足以致他死命了。然而,纵使宇宙毁灭了他,人却仍然要比致他于死命的东西更高贵得多;因为他知道自己要死亡,以及宇宙对他所具有的优势,而宇宙对此却是一无所知。"假如康德不是那么莫名其妙地匮乏审美感官,就像我在开篇提到的那样,那他也许会意识到当我们思索一件像西斯廷大教堂穹顶或格列柯的耶稣受难像那样的艺术精品时,心中的情感和我们面对所谓"崇高"对象时的感受是类似的——后者是道德情感和道德思想。

我们知道,康德是个道德家。"理性,"他曾说,"无法认同一个生活的全部内容就是寻欢作乐的人的存在是会有任何价值的。"这句话我们都会同意。他接着又说:"如果美丽的艺术没有或多或少地与道德思想相结合⋯⋯那它就仅仅是一种干扰;我们对它越是依赖,就越是纵容它在我们的精神中散播对自身的不满,从而使我们愈发无能和不满。"在文章结尾他甚至说,真正的通往审美之路是发扬道德思想和陶冶道德情感。我不是哲学家,不敢说康德提出"美是一个客体的目的性,且此目的性以一种与其目的体现相分离的形式被感知"这样的深奥假设时有些言不由衷。但我承认,在我看来如果说艺术品所必然具备的目的性仅仅存在于艺术家的意识中,那康德的这些零散的结论就显得有些缺乏意义了;艺术家的意识和我们有何关系呢?我们——我重复一遍——只关心他所完成的作品。

杰里米·边沁多年前说了一句惊世骇俗的话:如果诗歌和"推针"戏带来的快乐是等同的,那在这两者之间就不存在优劣问题。

现在已经很少有人知道什么是"推针"了,所以我不妨解释一下。这是个儿童游戏,按照规则一个玩家滚动针头,试图让它与另一个玩家的针头相交叉;一旦得手,他就可以用大拇指紧按两根针头,试着把它们吸离桌面,成功的话就赢下了对手的针头。当我还是个上小学的小男孩时曾和同学们用钢笔尖玩过这个游戏。后来校长发现我们不知怎的把这变成了一场赌博,当即就下了禁令,一旦逮到有人再玩就狠揍一顿。回到边沁的那句惊世骇俗的话,有人愤怒地反驳道精神快乐当然高于肉体快乐。谁说的呢?当然是那些青睐精神快乐的人。他们的人数少得可怜,要不怎么就连他们自己也承认审美是种罕见的天赋呢?而我们知道,大多数人出于实际或个人选择都专注于物质考量。他们的快乐也是物质化的,对于那些终其一生追求艺术的人侧目而视。这就是为什么他们会赋予"唯美主义者"一层贬义,而唯美主义者原本仅仅是指对美有特殊鉴赏能力的人。但我们怎样才能证明他们错了呢?我们怎样证明在诗和推针戏之间是有差别、有选择的呢?我猜边沁在这里用"推针戏"(Pushpin)是为了压"诗"(Poetry)的头韵。那么就让我们以草地网球为例吧。这是项广受欢迎的运动,许多人都以此为乐。打网球需要技巧和判断,敏锐的眼睛和冷静的头脑。如果我从打网球中得到的快乐和你从提香的《耶稣入葬》,贝多芬的《英雄交响曲》或艾略特的《圣灰星期三》中得到的一样多,那你怎么证明你的快乐就比我的更优越,更精致呢?我想,那就只有证明你的审美天赋能对你的人格产生道德影响。

康德曾经下过这样一句重要的评论:"品味鉴赏家不但经常,而且大体上讲全都被惰息、任性、作怪的情绪所俘虏";他还说道,"比起其他人他们也许更难取得道德律方面的任何优越性。"这一点在康德做此评论时毫无疑问是事实,到了今天也依然如此。人性很少改变。任何人只要在康德所说的"鉴赏家"或者我们今天习惯称作"审美家"的圈子里呆上一段时间,就一定会发现在他们身上你很少能找到谦逊、宽容、仁爱与慷慨——简而言之,如果你期望他们的精神追求能给他们带来任何美德,那你将一无所获。如果审美快感只是知识阶层的鸦片,那么也可以认为它就是康德所说的"有害的干扰",不然的话它就应该为它的主人带来美德。康德精辟地说道,美是道德的象征。除非对美的热爱能让人格高贵——这在我看来是唯一足以赋予美以价值的目的性——不然的话我们永远无法逃脱边沁的结论——如果诗歌和推针戏带来的是同等的快乐,那么这两者之间就没有优劣之分。

我认识的小说家们

I

赫兹利特写过一篇引人入胜的短文,叫做《记我头一次与诗人结识》。其中他叙述了自己与柯勒律治和华兹华斯相识的经历。当时柯勒律治来到什鲁斯伯里主持一位论派①会众的集会,他的前任罗先生来到马车前迎接。他看到一个穿着短黑大衣的圆脸男子似乎在滔滔不绝地向旅伴们说着什么,但他没有发现任何符合描述的人。罗于是转身回家,但他刚一到家那个黑衣的圆脸男子就走了进来,顿时"打消了所有的疑问,然后开始侃侃而谈。他从头到尾滔滔不绝,此后也从未停过——据我所知"。赫兹利特的父亲是一个反国教的牧师,住在什鲁斯伯里十英里外。几天后,柯勒律治前来拜访,时年二十岁的赫兹利特便被引见给了他。诗人发现这位年轻人是个热情聪颖的听众,于是邀请他来内瑟斯托伊过春天。赫兹利特接受了邀请。他抵达内瑟斯托伊一两天后华兹华斯也来了。"他立刻开始大吃特吃桌上的一半柴郡干酪,并以胜利的口吻宣布经验与他的结合教会了他很多生活中美好的事物,可不像骚塞先生那样不长进。"第二天柯勒律治和赫兹利特陪同华兹华斯前往阿尔福克斯登,听他在那儿露天朗诵彼得·贝尔的故事②。"柯勒律治和华兹华斯的吟诵都有一种魔力,"赫兹利特说道,"它迷住了心灵,催眠

---

① 拒绝接受圣父、圣子、圣灵三位一体,认为上帝只有单一神性的基督教流派。
② 指华兹华斯的一首同名长诗。

了判断。也许当他们施展这一迷人的伴奏时,连自己都被魅惑了。"
赫兹利特尽管内心激动,满怀敬意,但他没有放弃自己的批判精神,
也没有丧失幽默感。

正是赫兹利特的这篇动人的文章促使我动笔写下了后面这几
页纸。可叹的是,我的文章中没有像柯勒律治和华兹华斯这样的伟
人。《古舟子咏》、《忽必烈汗》、那首伟大的颂歌①还有《孤独的刈
麦女》都将同英国诗歌一同长存于读者心中。但谁知道我笔下的这
几位作家能否被后世牢记呢?印度教信徒认为,世界是由"大梵
天"创造出来自娱自乐的——无限的活力是他个性中的一部分,因
此创世仅仅供他小试牛刀而已。而后世在排定文学作品的座次时
也和大梵天一样地充满讽刺,肆无忌惮,其随心所欲简直无可理
喻。他们既不考虑作品的亮点,也不体谅作者的付出,对于写作的
艰辛和立意的真诚一概无动于衷。譬如汉弗雷·沃德夫人,思维坚
实、文采出众、天赋超群,对待写作严肃认真,可她竟如此被人遗忘,
以至于今天的读者中都很少有人听说过她的名字;和她相反,那个
乏味的法国神父,一个十八世纪的平庸文人②,写出来的小说又臭
又长、不忍卒读,可他的名字居然得以流传后世,全因为他在这漫长
的写作生涯中碰巧写了一本叫《曼侬·莱斯科》的小书——这实在
是太不公平了。

在我动笔之前,我想要说明一点:我打算谈论的这几位作家和
我相识的时间跨度很长,但我并没有同其中任何一位有过真正的至
交。其中一个原因是,直到我成为一名成功的轻喜剧作家之前,我
很少认识作家;而与我有萍水之交的那寥寥几位又大多像我自己一

① 应指华兹华斯的《不朽颂》。
② 指法国小说家普雷沃(1697—1763)。

样，是微不足道的小人物。一个人的密友是他在少年时或二十出头时结下的。我成为一名受欢迎的剧作家时已三十有四。尽管此后我同很多当年的文学大家都有过接触，但他们都比我要年长许多，而且他们此时都忙于应对自己的活动以及此间结识的朋友，因此我们之间仅仅是无意间相识的泛泛之交。我的一生都四处游历。当我不需要呆在伦敦排演剧本时，我很多时间都不在英国，结果同许多我先前凭借成功的剧作得以相识的人断了联系。

　　法国作家一年中大多时间都呆在巴黎。他们会形成一个个小圈子，同一个圈里的人经常在咖啡馆里，报社里，公寓里碰头。他们一起吃饭，谈论品评彼此的作品，还时常互通长信（憧憬未来的出版计划）。他们互相捍卫又互相抨击。英国作家可不一样。总的来说他们对同行不太感兴趣。他们喜欢住在乡村，只有在必要时才去伦敦。他们的社交关系比法国作家要杂，能够自由地融入非文学的圈子。他们的密友或者是像亨利·詹姆斯那样的一小群热烈的仰慕者，或者是像 H·G·威尔斯那样的一群志同道合者。如果你不是这些阶层中的一员，你就很少能有机会同他们发展出深交。但我从未能够轻易接近文学家的主要原因还是在于我自己的性格问题。我要么太自我中心，要么太冷淡、太拘谨、太害羞，因此无法同任何熟人发展出亲密无间的关系。有时一个遇到困难的朋友会向我打开心扉，但我这时会异常窘迫，无法给他太多帮助。大多人都喜欢谈论自己，而当他们把某些在我看来应该藏在自己心中的事情拿来和我分享时，我总会觉得尴尬。我更喜欢去揣测他们心中的秘密。我的个性决定了我不愿不假思索地接受一个人的表象价值，而且我很少被折服。我没有崇敬别人的能力。我的性格更容易被人逗乐，而非敬重别人。

　　关于我在下文中向读者回忆的这几个人物，许多人同他们的关系可能比我近得多。我写这些的目的仅仅想让读者意识到,我的回忆至多只是一幅不完整的肖像。

我在认识亨利·詹姆斯很久以前就曾见过他。《盖伊·东维尔》①首演当晚,不知为何剧院送了我两张楼厅前座票。我一直不解其故,因为那时我只是一名医科学生,而观看乔治·亚历山大剧院的首夜演出属于当时的时尚,最好的座位一向只留给那些评论家,首演的常客,剧院经理的朋友以及其他各种重要人士。演出结果以惨败收场。对白很优雅,但不够直白,不太能被观众理解,而且韵律也略显单调。亨利·詹姆斯写这出剧本时已经五十岁了。很难理解如此一位经验丰富的作家怎么能写出这么一出荒唐的剧本来呈现给首演当晚的观众。第二幕中有一场假装醉酒的戏格外令人痛苦,直让人起鸡皮疙瘩。你甚至都为作者感到脸红。全剧终于在乏味中落幕了,剧院很不明智地把亨利·詹姆斯请上台来向观众鞠躬致意——那时的规矩就是这样叫人难堪。迎接他的是一阵骤雨般的嘘声和猫叫,这样的倒彩我也只在剧院里听到过那一次。从我在楼厅前座的位置看去,他的身子就像短了一截一样,显得非常古怪。他的身材矮胖,两腿粗壮,加上秃头,整张脸显得光秃秃的,尽管留着大胡子也于事无补。面对着群情汹汹的观众,詹姆斯的下巴简直都掉了下来,嘴巴微张,脸上的表情像彻底懵了一样,整个人都瘫了。我不知道当时帷幕为什么没有立刻放下。他就这样永无止境地站在那里,与此同时顶层楼座和正厅后座的观众还在不停地大吵大闹。这时正厅和楼厅前排有人开始鼓掌——詹姆斯后来说掌声很热烈,但那不是事实。这些人不过是半心半意地鼓鼓掌,一半是为了抗议顶层楼座和正厅后座观众的粗鲁,一半是出于怜悯,

143

---

① 亨利·詹姆斯首次在伦敦上演的剧作,时值 1895 年。

因为他们不忍看着这个可怜人继续受辱。终于乔治·亚历山大上台来把詹姆斯领了下去。他这时垂头丧气,锐气全无。

在经历了那场灾难性的演出后,亨利·詹姆斯给兄长威廉写了一封信。就像当时许多经历了失败的剧作家一样,信中詹姆斯声称他的剧本"超出了伦敦庸俗大众的欣赏能力"。但这不是事实。他的剧本确实糟糕。如果观众不是因为被剧中人物不可思议的举止惹恼的话,他们的反应可能也不会那么激烈。就像亨利·詹姆斯的大多数作品一样,剧中人物的行为动机完全不像正常人。尽管詹姆斯在小说中往往能够掩饰这一点,可一旦搬上舞台这些人物的不合情理之处立刻昭然若揭。观众能够本能地体察到剧中人物的行为不合常理,完全不符合人们在现实中的正常行为模式,因而觉得自己受到了愚弄。在他们的倒彩声中不仅有对剧作乏味的恼火,更有一股怨气。

看完这出戏后你能够理解亨利·詹姆斯的写作意图,甚至可以说他也正是按照这一意图去创作的。但很明显,他远未达到自己的目标。亨利鄙视英国剧坛,自信满满地认为自己能创作出远在其之上的作品来。多年前在巴黎时他就曾写道,自己已经"充分掌握了大仲马、奥日埃和萨尔都的技艺",声称他"青出于蓝而胜于蓝"。如此看来,他没能成为一名成功的剧作家也就不足为奇了。这就好比是学会了自行车就以为学会了骑马一样。谁要是抱着这样的想法骑上普奇立猎马兜一圈的话,那他准保会在第一道跨栏前摔个嘴啃泥。亨利·詹姆斯的悲惨遭遇导致了另一个不幸的后果:剧院经理们从此坚信小说家是写不出好剧本的。

Ⅱ

直到许多年后我本人才有幸写出了成功的剧本,并和亨利·詹姆斯见了面。那是在《伊丽莎白和她的德国花园》的作者罗素夫人举办的一场午宴上，地点就在她靠近白金汉门的一所公寓里——如果我没记错的话。那算是一场文学聚会，亨利·詹姆斯理所当然地成了众人的焦点。他对我说了几句客套话，但他的话在我看来并没有什么深意。此后我记不清又过了多久，我去观看舞台协会演出的《樱桃园》①下午场时，碰巧坐在了亨利·詹姆斯和数学家克里福德的遗孀 W·K·克里福德太太旁边。克里福德太太本人也创作了两部优秀的小说——《克莱斯太太的罪行》和《安妮姑妈》。幕间休息时间很长，因此我们有充足的时间交谈。亨利·詹姆斯对《樱桃园》感到很困惑——这也不足为奇，因为他的戏剧观是建立在大仲马和萨尔都的作品上的。第二次幕间休息时，他开始向我们解释，这样俄国式的混乱同他的法式品味是多么的格格不入。他反反复复，吞吞吐吐，搜肠刮肚地想要找个最准确的词语来表达他的失望；和他相反，克里福德太太才思敏捷，每次詹姆斯刚一停下来挠头，她立刻就猜到了他想找的词，随即脱口而出——这是詹姆斯最不希望发生的。他很有风度，不便当面发作，但脸上却划过一丝难以察觉的神情，流露出他内心的恼怒。他固执地拒绝了她的提示，艰难地搜寻下一个替代词，可克里福德太太再次抢先一步，结果詹姆斯再次拒绝。这真是一幕高雅喜剧。

艾塞尔·欧文饰演契诃夫笔下那位优柔寡断的女主人公。艾塞尔本人也喜怒无常、神经质、情绪化，因此非常适合这一角色，她的表演完美无缺。她也曾在我的剧作中大获成功，詹姆斯便好奇地问起了她，我也尽己所能地作了答。这时詹姆斯想要问我一个非常简单的问题，可他又不肯直截了当地问出口，觉得那样过于粗俗，或

① 俄国小说家、剧作家契诃夫的戏剧代表作之一。

许还有点市侩。至于他到底想问什么,克里福德太太和我其实都清清楚楚。詹姆斯就像猎人追踪驯鹿一样小心翼翼地铺陈着他的疑问。他偷偷摸摸地接近,可一旦感觉猎物嗅到了自己的气味,立刻又缩了回去。就这样他把自己的意思一层层包裹在越来越困窘的语言迷宫中,直到最后克里福德太太再也受不了了,干脆脱口而出:"你的意思是,她是不是位淑女?"詹姆斯的脸上真切地浮现出痛苦的神情。剥去伪装后,这个问题的粗俗不堪让他愤怒异常。詹姆斯假装没听见。他绝望地打了个手势,最后说道:"她,是不是——哎呀,这个问题唐突得简直就像把人逼到墙角一样,叫人怎生是好——她是不是位饱经世故的女人?"

　　1910 年我第一次来到美国,沿路访问了波士顿。亨利·詹姆斯的兄长刚刚去世,他当时正和嫂子一同住在马萨诸塞州的剑桥镇。于是詹姆斯太太①便邀请我去她家用晚餐。那天晚上只有我们三个。当时的谈话内容我已经不记得了,但我强烈地感受到了亨利·詹姆斯的精神重负。晚餐后,未亡人告退,餐厅里只剩下了我们俩。亨利告诉我,他曾向兄长保证,兄长去世后自己会在剑桥停留六个月,这样如果兄长能从坟墓另一端传来思绪的话,他总能在这世上找到两个理解关切的听众。我不由地想,鉴于詹姆斯极度紧张的精神状态,此刻他说的任何话都不能过于当真。他的心灵正遭受着如此的折磨,任何幻觉都有可能浮出脑海。六个月这时眼看就要过去了,可坟墓那一端依然杳无音信。

　　就在我起身告辞时,亨利·詹姆斯坚持要陪我走到街角去乘返回波士顿的电车。我说自己完全能一个人去,可他根本不听。这不但是因为詹姆斯本性中的善良与殷勤,更是因为美国在他看来是一

---

① 威廉·詹姆斯的妻子,即亨利的嫂子。

个陌生可怕的迷宫;没有他的引导,我无疑会彻底地迷失其中。

一路上,詹姆斯向我吐露了一些他在詹姆斯太太面前出于礼节不便提及的话。他度日如年般地期盼着自己许诺的六个月早些过去,以便早日驶向幸福的英伦海岸。他渴望那一天的到来。而在这儿,在剑桥镇,他感到如此无助。他已下定决心,从此永不踏足美国这个迷茫陌生的国度了。这时他说了一句在我听来如此不可思议的话,我这辈子都忘不掉。"我游荡在空荡荡的波士顿街道上,"他说,"一个人影都看不到。就是在撒哈拉沙漠我都不会比在这里更孤独。"这时电车驶入了视线,亨利顿时焦躁万分,拼命地挥着手,尽管这时电车离我们还有四分之一英里远。他担心车子不停,恳请我务必以最迅捷的速度跳上车子,因为它决不肯多停留一刻;一不小心,我就会被拖在车后,非死即伤,断臂残肢。我向他保证,自己坐惯了电车。不是美国电车,他对我说,它们的野蛮、非人、残忍是超出一切想象的。他的焦躁情绪深深地感染了我,车子刚一停我立刻就跳了上去,感觉自己就像刚刚九死一生一样。我看着詹姆斯在马路中央立着两条短腿,目送着电车远去,感觉他似乎还在为我的侥幸逃脱而瑟瑟战栗。

可尽管詹姆斯如此留恋英格兰,但我相信他从没有真正能融入那里。在英国他依然是一个友好但挑剔的外国人。他没法像英国人那样本能地了解自己,因此他笔下的英国人物在我读来总显得不那么真实。不过他的美国人物倒大体上是真实的——至少在英国人读来是这样的。詹姆斯有一些了不起的天赋,但缺乏移情的能力。而一个小说家只有通过移情才能代入人物的心理活动,想人物所想,感人物所感。福楼拜据说在描写爱玛·包法利夫人的自杀时竟然呕吐了,就好像他自己也吞下了砒霜一样。我没法想象亨利·詹姆斯在写下类似段落时也能做出同等的反应。就拿《"拜尔特拉

"费奥"作者》来说吧,这篇作品中的母亲任由自己年幼的独子死于白喉,就因为她强烈反对丈夫的作品,不想让儿子被其腐蚀。任何能够真切地想象出母爱,想象出孩子在床上痛苦地辗转反侧,挣扎喘息的人都不会写下这样残忍的段落。这种文字就是法国人所谓的"纯文学"。英语中没有这个词的严格对应。效仿"作家痉挛"①的说法,我们也可以把这叫做"作家废话"。它是指那种纯粹文学目的的写作,完全不考虑其真实性或可能性。譬如说,一个小说家想知道谋杀是什么感觉,于是便创造了一个人物,一个谋杀犯,他作案的唯一动机就是想知道谋杀的感觉。这就叫做"纯文学"。平常人犯下谋杀是出于各种从中牟利的动机,不是为了获得某种新奇的体验。那些伟大的小说家总是充满激情地生活,哪怕他们离群索居。而亨利·詹姆斯总是满足于透过窗户看生活。但除非你亲身体验,亲自成为一名生活悲喜剧的演员,否则你没法令人信服地描绘生活,你的作品总是缺失点什么。一个小说家不管多么现实,都没法像画作印刷品那样准确地反映生活。通过创作人物和人物经历,他描绘出某种图案;如果他笔下的人物有着和读者一样的动机、缺陷和情感,如果这个人物的经历符合他们各自的性格特征,那他就更有可能让读者相信并接受他笔下的图案。

亨利·詹姆斯对亲戚朋友们饱含深情,但这并不说明他具备爱的能力。每当他的长、短篇小说涉及这一最深刻的人类情感时,总显得那么愚钝。尽管这很逗趣(逗趣的是作者而不是他的作品),但你时不时地会被一种不真实感拉回现实,因为他的描述不符合人类的行为方式。你没法像看待《安娜·卡列尼娜》或《包法利夫人》那样严肃地看待亨利·詹姆斯的小说。读他的作品时你总是不禁

---

① 即手指的痉挛。

莞尔,心中暗藏怀疑,就像你读文艺复兴时期的剧作一样。(这个类
比并不像表面上那么牵强:如果康格里夫也从事小说创作的话,他
很有可能会写下像亨利·詹姆斯的《梅西知道什么》那样混乱荒淫
的色情故事。)他的小说和福楼拜或托尔斯泰作品间的差别就好像
杜米埃和康斯坦丁·盖伊斯画作之间的差别那样大。盖伊斯画中
的漂亮女人坐着华丽的马车驶在波伊斯的街道上,雍容华贵,但裘
服之下却没有身体。她们赏心悦目,充满魅力,但却像梦一样虚幻
不实。亨利·詹姆斯的小说就像老宅阁楼里的蜘蛛网——精巧,纤
细,甚至美丽,但随时都会被女仆用那把叫"常识"的扫帚粗暴地扫
到一边。

　　我写这篇文章的目的不是要批评亨利·詹姆斯的作品,但我没
法只谈亨利的为人而不谈他的写作。这两者是密不可分的。作者
身份包含了他的个人身份。对他来说,是艺术赋予了生命意义,但
除了自己从事的写作外他对其他艺术并不感兴趣。戈斯动身前往
威尼斯时亨利恳请他务必前往圣卡夏诺观摩丁托列托的《耶稣受难
像》。我很奇怪他为什么推荐这幅精致但做作的画作,却没有推荐
提香那伟大的《进献童贞马利亚》或是委罗内塞的《耶稣在利瓦伊
房中》。所有认识亨利·詹姆斯的人都没法不动感情地去读他的作
品。他写下的每行字句里都有他自己的声音;你不得不接受(不是
心甘情愿,而是情非得已)他后期作品中令人反胃的风格、笨拙的法
式语风、堆砌形容词、过分繁复的比喻以及臃肿的长句,因为这些就
是作者自身不可分割的一部分,那个你记忆中迷人,善良,浮夸又好
笑的人。

　　在我看来亨利·詹姆斯的朋友圈子并不理想。他们都占有欲
极强,都只把自己看作是亨利的真正知心人,彼此就像争抢肉骨头
的狗一样,一旦怀疑别人胆敢挑战自己在偶像面前独一无二的膜

拜权，就要低声怒吼。他们对詹姆斯的满腔崇敬却没有给他带来
什么好处。在我看来，这群人时常显得傻呵呵的。他们会一边咯咯
傻笑着一边耳语：亨利·詹姆斯私下里说，《奉使记》里面那个寡妇
纽森其实是靠做尿壶发财的，而亨利只是出于礼貌才没有道明——
但我不觉得这有什么好笑的。如果说朋友们对亨利的景仰是他自
己要来的，那恐怕不太公平；但他显然对此很是受用。和他们的法
国或德国同行不同，英国作家们不爱摆架子，因此"尊贵的市长"式
的装腔作势在他们看来略显荒诞。也许是因为他最先接触了法国
名家的缘故，亨利像尊雕像般坦然接受仰慕者的顶礼膜拜，视之为
理所当然。他很敏感，一旦觉得自己没有得到应有的尊重就会生
气。一次我的一位年轻的爱尔兰朋友和亨利·詹姆斯一同在"希
尔"宅度周末。女主人亨特太太告诉亨利，这是个很有才华的年轻
人，于是周六下午亨利与他进行了一次交谈。我的朋友脾气急躁莽
撞，最终被詹姆斯讲话时无休止的左斟右酌、搜肠刮肚给惹烦了，随
口迸出一句："噢，詹姆斯先生，我是个无足轻重的人，您用不着为了
我掘地三尺地找好词。随便找些陈词滥调来打发我就行了。"亨
利·詹姆斯大为震怒，立刻向亨特太太状告这年轻人无礼，亨特太
太随即对他一阵严斥，责令他向这位贵客道歉，而他也照办了。还
有一次简·威尔斯哄着亨利·詹姆斯和我陪她参加一场慈善舞会，
舞会的名义是为了赞助某个H·G·威尔斯认同的崇高目标。正当
威尔斯太太，亨利和我在一间靠近舞池的前厅里交谈时，一个莽撞
的小伙子突然闯了进来，打断了亨利的话，一把抓住简·威尔斯的
手说："来跳支舞吧，威尔斯太太。你可不想坐着听这个老头絮絮叨
叨，没完没了。"这话可不太礼貌。简·威尔斯紧张地瞟了亨利·詹
姆斯一眼，挤出一个微笑，然后跟着这个莽撞的小伙子走了。亨
利·詹姆斯原本可以明智地对此一笑了之，可他太不习惯遭受如此

待遇了，不由得大为恼火。威尔斯太太回来时他立刻起身告辞，有些过于庄严地对她道了晚安。

当一个人脱离了母国移居到另一个国度时，当地人身上的缺陷比起优点来说往往对他更具吸引力。亨利·詹姆斯生活过的那个英国等级意识过于强烈，而他的小说对于不幸出身底层的人物所采取的那种贬低态度在我看来和这不无关系。在亨利看来，一个人需要为生计奔波是件荒诞的事，除非他是艺术家或是作家。一个底层人物的死亡十有八九会让他淡淡一笑。詹姆斯自己出身优越。他在英国呆了很久，一定注意到了在英国人眼中，美国人看起来都差不多，①而这也进一步强化了他的阶层意识。有时他发现那些在密歇根或俄亥俄州发了大财的同胞靠着家财万贯照样有人大献殷勤，就好像他们是出身波士顿或纽约的显赫世家一样。出于自我辩护他时常会夸大自己在美国时的社交标准。有时他还会犯些荒唐的错误，误把某个讨得他欢心的年轻人夸得偏离事实，天花乱坠。

如果我的这些文字——希望它们还不致恶毒——让亨利·詹姆斯显得略有些荒唐，那是因为这就是他留给我的印象。我觉得他把自己看得太重了。一个人如果不停地告诉你他是个绅士，那不免要令人侧目。我想亨利·詹姆斯如果不是如此频繁地坚称自己是艺术家，那他也许会更讨人喜欢些——那句话最好还是留给旁人去说。不过亨利确是个文雅好客的人，心情不错时还非常有趣。亨利有着非凡的天赋。虽然我认为他误用了自己的天赋，但那只是我的看法，我也不要求别人赞同。无论如何，亨利的最后几本小说尽管失真，但的的确确有着很强的可读性，这一点让除了顶尖作品外的所有其他小说都黯然失色。

---

① 因此他格外希望通过强调出身来区别自己和其他美国人。

III

　　我第一次见到 H·G·威尔斯是在雷吉·特纳靠近伯克林广场的一间公寓里。那时我住在山街，偶尔会来拜访一下雷吉·特纳。雷吉可以说是我见过的所有人中最风趣的。这里我就不多说他的幽默了，因为麦克斯·比尔博姆已经在那篇叫《笑》的短文中把这一点描绘得惟妙惟肖。不过雷吉对于这篇充满赞誉的文章却表现得不大热心，因为正如麦克斯所说，他不太能够欣赏别人的幽默。雷吉还曾向我求证过这一点，我不得不承认麦克斯所言不虚。雷吉喜欢面对听众，不过三四人对他来说也足够了。一旦选定主题，他自能诌得天花乱坠，直笑得你两肋生疼，不得不求他闭嘴。他还曾顺带写过小说。但不知怎的，一提起笔来他的欢快、夸张和戏谑就全都离他而去了，只剩下枯燥乏味的行文。他的小说自然很不成功。雷吉曾经如是评论自己的作品："大多数小说家的第一部作品最为成功，不过对我来说则是第二部。只可惜我没写过第二部小说。"雷吉的这句自嘲不太为人所知，因此我在这里也顺带摘录一下。雷吉还是奥斯卡·王尔德受辱之后①为数不多的几个忠实伙伴之一。当王尔德躺在塞纳河左岸的一间肮脏廉价的旅舍里奄奄一息时，雷吉就在巴黎，天天前去探望。一天早上雷吉发现王尔德心烦意乱，便向他询问缘由。"我昨晚做了个可怕的梦，"王尔德说道。"我梦见自己和死人一起晚餐。""噢，"雷吉说，"那你一定是晚宴上的灵魂人物②，奥斯卡。"王尔德不禁哑然失笑，重新振作了起来。雷吉的话不但诙谐，而且善良。

---

① 指王尔德被控鸡奸罪，被判有罪并遭受两年监禁一事。
② 这是句巧妙的双关。死人没有灵魂，雷吉一方面是在暗示王尔德还活得好好的，另一方面是赞赏他才华出众。

就在我被引见给 H·G·威尔斯的那天，他正和雷吉等人一同午餐，饭后众人又回到雷吉的公寓继续交谈。H·G·威尔斯那时的声名正如日中天。我没料到会在那里遇见他，不免有些窘迫。那时我刚刚在剧作方面取得了一些成功，报纸称我的作品精彩绝伦，但我知道自己也因此被逐出了"知识阶层"①。H.G.那天很热情，但也许是我太敏感，我总感觉他把我看作是某个可有可无的消遣品，就像他可能面对亚瑟·罗伯茨或丹·里诺②时那样。他那时正忙着按照自己的意象重构世界，全然顾不上去鼓动感染那些不是和他志同道合的人，也顾不上和反对他的人晓之以理，唇枪舌剑，最后不屑一顾地将那些执迷不悟之徒抛诸脑后。

尽管此后我又陆陆续续见过他几次，但直到许多年后，我们才由点头之交发展成为真正的朋友。那时我已在里维埃拉安顿下来，而 H.G. 恰好也在那里有一栋房子，每年都过来住上好些时日。后来，他离开了自己的同居女友（客厅的壁炉架上刻着这样一行字：这座房子由一对爱人所建），把房子丢给了她，自己时常过来住在我家。H.G. 是个好伙伴。他不像麦克斯·比尔博姆或雷吉·特纳那样诙谐，不过他很有幽默感，嘲弄别人时也不忘自嘲。一次他请我吃午饭，饭桌上让我认识了一个叫巴卜瑟的小说家。此人写了一本叫《火》的小说，一度引起轰动。那是多年以前的事了，我现在只依稀记得巴卜瑟长得又高又瘦，一头乱发，穿着身破旧的黑外套，看上去就像个法国葬礼上的哑丧人③。他那一双黑眼睛里满是愤怒，看上去躁动不安。巴卜瑟是个狂热的社会主义者，说起话来滔滔不

---

① 作者这里指当时欧洲知识分子的清高与脱俗姿态，鄙视大众的审美观。如果一部作品广受大众喜爱，那它一定缺乏内涵与品味，不配得到知识阶层的重视。
② 当时的两位著名喜剧演员。
③ 和中国葬俗中的"哭丧队"不同，西方葬礼是沉默肃静的，因此死者亲属雇来充葬礼排场的人也是默不作声的。

绝。H. G. 法文很好，但表达起来却不太流畅，所以那天的谈话基本上就成了巴卜瑟一个人的独白，把我们俩当成了集会听众。巴卜瑟离开后，H. G. 朝我露出个苦笑："当我们自己的想法从别人的口中说出时，听上去是多么愚蠢啊。"H. G. 思维敏捷。尽管他有时觉得和自己意见相左的人很愚蠢，不免嘲弄两句，不过他的幽默之中并没有恶意。

　　H. G. 的性欲很强。他不止一次对我说过，满足欲望和爱情一点关系都没有，纯粹是个生理因素。如果说幽默和爱情不兼容的话，那 H. G. 可以说从来没有真正地爱过，因为他总是敏锐地在自己那些不稳定的情感对象身上发现荒唐之处，有时甚至把她们看作滑稽笑料。他没法像恋爱中的大多数人那样将意中人理想化。如果他的伴侣不够聪明，那他很快会厌倦；如果她足够聪明，那她的智慧迟早又会让他腻味。他不喜欢不甜的蛋糕，可甜蛋糕又让他生腻。他热爱自由，一旦发觉女人企图限制自己的自由就会气急败坏地斩断情缘。不过有时开溜可不太容易，他这时就不得不忍受当众纠缠和愤怒谴责，就连他也没法从中轻巧脱身。就像大多数富有创造力的人一样，H. G. 当然也很自我中心。中止一段维持数年的关系给另一方带来如此的痛苦和屈辱，这在他看来纯属愚蠢。有一次我曾经卷入了他生活中的这样一场风波。后来谈起这段经历时他说："你知道，女人总是误把占有欲当爱情，因此被人离弃与其说令她们心碎，不如说是她们的产权主张遭到了否认。"一段关系，在他看来仅仅是辛劳之外的暂时放松，给另一方带来的却是不灭的激情，这对于 H. G. 来说简直不可理喻。可 H. G. 确实令女人发狂。这令我多少有些意外，因为他的外表并不是那么招人喜爱。我曾经问过他的一个情妇，H. G. 身上究竟哪一点吸引了她。我本以为她会说是因为他才思敏捷，幽默风趣，全没料到她竟然说是因为他蜜一样的体味。

尽管 H. G. 声名显赫，对当时的群体影响深远，但他一点儿也不自负，丝毫不摆架子。他的风度自然随和，即便是面对一个外省图书馆的馆长助理，一个小文人时，他也彬彬有礼，好像对方和自己完全平等一样。直到最后他咧嘴一笑，迸出一句俏皮话，你才意识到他心里完全把对方当作个傻蛋。我记得有次参加国际笔会的晚宴，那时 H. G. 是该会主席。当时有很多人在席。H. G. 读完报告后，一些人站起来提问。大多数问题都很傻，可 H. G. 还是非常礼貌地一一作答。一个大胡子男人反复地跳起身来（那把胡子说明这个人自命为知识分子），非常无能地试图发表短篇讲话——很明显他只是想吸引目光。H. G. 只需轻轻一驳就可以把他击得粉碎，可他依然用心听他讲话，和他辩论，就好像他说得在理一样。活动结束后我对 H. G. 说，自己非常钦佩他面对那个傻瓜时绝佳的耐心。H. G. 笑道："我在费边社里和傻瓜们打交道后，耐心大有长进。"

H. G. 从不幻想自己是作家。他总是坚持说，自己从不装成艺术家；而艺术家其实是他鄙视而非仰慕的对象。每当他说起亨利·詹姆斯，那位老是自称纯粹艺术家的仁兄时，总免不了善意地揶揄他两句。"我不是作家"，H. G. 会说。"我是宣传员。我的工作是高级记者。"一次 H. G. 来我家客居时，送了我一套自己的作品全集。后来他又上我家时，看到这套全集被放在书架上的醒目位置。它们都精印在上好的纸张上，装订考究，封面是大红色。H. G. 用手指轻轻拂过书扉，咧嘴一笑："你知道，这些书早已经过时了。它们讨论的都是当时的头等大事。现在既然那些事情已不再重要，这些书也不再有阅读价值了。"他的话不无道理。H. G. 下笔流畅，不过经常跑题。我从没见过他的手稿，但我估计他写得飞快，很少校对。他常常会在下一句中换一种说法重复上一句的意思。我估计这是因为他太急于表达自己的想法了,只说一遍还意犹未尽。这个习惯让他的作品过分冗长。

H. G. 的短篇小说理论很在理,他因而得以创作了很多优秀的短篇和几部顶尖的杰作。但他对长篇小说却有着不同的理论见解。他的早期作品都是为生计所迫,并不符合这一理论,因此 H. G. 自己也对它们很不以为然。在他的心目中,小说家的职能就是讨论当前最紧迫的问题并说服读者采纳作者——也就是他,H. G. 的观点来造福世界。他喜欢把小说比喻成一幅由各种不同主题交织而成的挂毯,但他不愿接受我的反驳——毕竟一块挂毯是一个整体。设计挂毯的艺术家赋予它形状、均衡、连贯和布局。它并不是一堆杂乱无章的集合。

H. G. 晚期的作品如果不是如他自己所说的那样缺乏可读性,至少也是难以带着愉悦的心情阅读的。刚翻开书时你还饶有兴致,但很快你的兴趣就越来越小,最后不得不凭着纯粹的意志力才能读得下去。人们似乎普遍认为《托诺·邦盖》是他写得最好的一部小说。作品的笔调轻快,符合他一贯的风格。尽管作品的文体更适合论文而非小说,但人物的刻画相当到位。H. G. 刻意放弃了大多数小说家都着力追求的"悬念",差不多在一开始就告诉了你接下来会发生的事。依照他自己的小说理论,H. G. 在文中大量跑题。如果你关注人物本身和人物行为,这种风格一定会让你很不耐烦。

一次 H. G. 在和我谈话的过程中说:"我只关心群众;我对个体不感兴趣。"接着他又莞尔一笑:"我喜欢你,事实上我和你真的很有感情,但我对你不感兴趣。"我笑了。我知道他说的是实话。"老伙计,恐怕我没法复制出上万个自己来激发你的兴趣。""上万个?"他叫道。"那算不了什么。上千万个还差不多。"在他的一生中 H. G. 接触了许许多多的人。除了极少数的例外,这些接触尽管愉快友好,但留给他的印象不过就是电影中组成人群的一个个临时演员。

我想这就是为什么 H.G. 的小说总不尽如人意的原因。他展现在你眼前的人物不是个体,而是活蹦乱跳,多嘴多舌的牵线木偶,它们唯一的功能就是张嘴替作者说出他打算捍卫或者抨击的思想观点。它们并不遵循自身的个性发展,而是根据作者的主题动机变来变去。这就好像是一只蝌蚪没有长成青蛙,而是变成了一只松鼠,只是因为你想把它塞进自己的笼子里。H.G. 好像常常小说写到一半就对自己的人物失去了兴致,于是便坦然撇开人物塑造,成了一个彻头彻尾的政论家。当你读完 H.G. 的大多数小说后,你一定会注意到他一本接一本的作品里写的都是大同小异的人物。他似乎总满足于将那几个在他生命中扮演过重要角色的人原样照搬进小说里。他对于女主人公总是不太投入,而对男人主人公则要认真得多。这当然是因为在他们身上有着更多他自己的影子;大多男主人公不过是经过伪装的作者本人。《婚姻》中的崔福德就是 H.G. 心目中的自画像和他理想自我的结合。

IV

在过去的二十五年里我曾接待了许多人与我同住,我因此时常想写一篇关于客人的短文。有些客人从不关门,离开房间时也从不关灯。有些客人穿着沾满泥巴的靴子就倒在床上睡午觉,他们走了床单也得洗。有些客人躺在床上抽烟,能把你的床单烧出洞来;有些客人在做"饮食疗法",你不得不为他们准备特制膳食;还有些客人等杯子里倒满了上等红酒时才开口说:"我不想喝,谢谢。"有些客人拿了书就从不归还,还有些客人从一套丛书中抽走一卷,同样不还。有些客人临走时问你借钱,然后有去无回;有些客人一刻都不愿独处,只要发现你在瞄报纸他们谈话的冲动就会突然爆发。有些客人不管到哪里都想着要去别的地方,还有些客人从起床的一刻起直到上床的那刻终,一刻都不得空闲。有些客人对待你的态度就像纳粹长官对待一个被征服的行省。有些客人随身带来积攒了三周的脏衣服让你来洗;还有些客人自己把衣服送去洗衣店,让你买单。有些客人能拿多少就拿多少,却什么都不回报。

但也有些客人只要和你在一起就很开心。他们努力带来欢乐,自给自足,让你愉快;他们妙语连珠,兴趣广泛,令你欣喜又激动;简而言之,他们带给你的远远超过你能希冀回报的,他们的停留真是太短暂了。H. G. 就是这样一位客人。他有很强的社交意识。每当他参加一个聚会,他都要设法让聚会成功。有些时候你总得时不时地请些邻居来吃午饭或吃晚饭,这些人时常很乏味。可 H. G. 依然会妙语连珠地同他们说话,就好像他们有这个智力能听懂他的话一样。我记忆尤其深刻的一件事是我唯一一次看到他屈服。我的一位邻居听说 H. G. 要来,便打电话给我,说她是 H. G. 的一名热情的仰慕者,一直听说他舌灿莲花,因此很想见他。我于是便邀请她来同进午餐。H. G. 很健谈,我们入座后他便开始侃侃而谈。就在他刚刚进入状态的时候那位女士打断了他,说出的话明白无误地表明 H. G. 的话她一个字都没有听进去。H. G. 停下来,等她说完,然后接着讲下去。可那位女士再度打断他,H. G. 只能又停下来,等她说完再继续,结果再次被打断。显然,她的目的不是要听 H. G. 说话,而是要他听自己讲。H. G. 对我做了个最好笑的鬼脸,接着便沉默了。那次午餐剩余的时间里他都坐着一言不发,而那位女士则开开心心地说了一大通响亮的陈词滥调。临别时她说她今天过得真开心。

我最后一次见到 H. G. 是在战争期间①。当时我在纽约,而

----

① 指二战。

H. G. 则在美国进行一系列的访问演讲。在他返回英国前我们一起
共进了午饭。他这时看上去苍老、疲惫、憔悴。他的神情一如既往
地骄傲,但总感觉有些强打精神。他的演讲完全失败了。H. G. 不
是个好演说家。尽管他曾经作过无数次的演讲,但奇怪的是他始终
无法脱稿,总是照本宣科。他嗓音单薄尖利,读演讲词时鼻子总是
埋在稿件里。人们听不清他的声音,结果纷纷离场。H. G. 也见到
了一些重要人物。尽管他们很礼貌地听他讲话,但 H. G. 不能不意
识到他们根本就没留意他谈话的内容。H. G. 既伤心又失望。"过
去三十年里我对着人们一遍遍说着相同的话,可他们依然不听我
的。"他恼怒地对我说道。可这恰恰是问题所在——同样的话他已
经说了太多遍了。他的许多见解都很合理,也不复杂,但就像歌德
一样,他总以为真理需要说了一遍又一遍:Man muss das Wahre
immer wiederholen(人必须不断重复真理)。H. G. 的个性决定了他
丝毫不会怀疑自己真理在握。当人们一再被要求聆听他们早已耳
熟能详的观点时,自然会很不耐烦。H. G. 曾对整整一代人产生了
巨大的影响,并一度为社会观点的转变作出了不小的贡献,但他的
影响到此为止了。当他意识到人们已把他看作"过去时"时,不禁
目瞪口呆。对于他的观点众人或同意或反对,但他的话再也无法引
发往日的激情了。你心中只有对一个乏味老者的迁就。

H. G. 在失望中离开了人世。

V

H. G. 对"纯小说家"很不屑一顾。我猜他一定很想把那些一心
取悦读者的小说家塞在一个孤岛上,紧挨着《新乌托邦》①里的那个

---

① H·G·威尔斯一部重要的科幻小说。

醉鬼岛。岛上丰衣足食，广厦万间，小说家们可以怡然自得地借阅彼此的作品。他唯一有深交的一位纯小说家就是阿诺德·本涅特。我认识的一个女人告诉过我，一次她在伦敦德里宅中参加了一个非常盛大的宴会，席间有皇室人员惠临。男人们都戴着各式各样的佩饰、勋章和炫目的绶带，女人们都浑身钻光闪闪。会上她恰好站在了亨利·詹姆斯身边，便兴许有些俏皮地对他说："挺好玩的，不是吗，你和我这样的中产阶级居然和这群大人物混在了一起，其乐融融。"但她立刻从詹姆斯的表情中看出自己说错话了——他一点也不喜欢被人叫做中产阶级。那女人发觉了詹姆斯的不悦，眼神中流露出一丝笑意，詹姆斯看在眼里，不由得更加光火。亨利·詹姆斯真不应该因为这个感到冒犯——毕竟是中产阶级创造了英语文学的财富。这也是件自然而然的事。穷人家的孩子接受的教育少得可怜，不得不小小年纪就开始工作，也没有机会阅读。上流社会的孩子因为家境优越，寻欢作乐的机会唾手可得，而且他如果有野心的话，更可能以自己那个阶层所认同的方式去出人头地。但不管是穷人还是上等人，除非他创作的欲望极其强烈，不然就很难克服创作道路上各种艰难险阻的合力——虽然这两者面对的是性质截然不同的阻碍。据我所知，贵族士绅阶层只产生过两位称得上跻身英语文学财富之列的诗人，那就是雪莱和拜伦；而小说家只有一位，就是菲尔丁。出身中产阶级家庭的年轻人如果恰好拥有不可抗拒的写作欲望，那他也一定受过了起码的教育，能够接触到图书馆，而且可能比工匠的儿子和乡村士绅的儿子有着更加广泛的人际接触。尽管他的家人可能会为他投身文学这一危险的职业而不禁哀叹，但至少这样的做法对他们来说并不陌生，甚至在某种程度上还令他们自豪。英国中产阶级一直渴望着跻身更高的社会阶层，而家族中能够走出一位作家比起牧师、律师、公务员来说更是一件荣耀的事。

我想，H.G. 和阿诺德之所以会相互吸引，那是因为两人都出身卑微而且都为赢得人们的认可而努力拼搏。功成名就之后，出于不同的原因，两人却又略微觉得有些游离于文学界之外，而这更加深了两人间的纽带。但 H.G. 对阿诺德的真挚友情主要还是归功于阿诺德令人喜爱的个性。

我第一次见到他是在 1904 年，那时我们都住在巴黎。我在贝尔福的雄狮像附近有一间小小的公寓，房间在五楼，从那里可以俯瞰整个蒙帕纳斯公墓。我那时经常在杜德沙路的一家饭店晚餐；许多画家，插图画师，雕塑家和作家也都有着相同的习惯，我们因此有一间单独的小包间。在那里花上两个法郎就能吃上一顿包含酒水的丰盛晚餐，我们通常还会再付四个苏的小费给玛丽亚，那位活泼快乐，心直口快的侍女。我们国籍不同，谈话也随意间杂着英语和法语。有时某人会带上情妇和她的母亲，这时他会礼貌地向众人介绍这是"我美丽的母亲"。但大多时候房间里只有男人。我们讨论阳光下的一切话题，通常都充满激情，等到我们端起咖啡（我记得里面加白兰地），点上雪茄（三个苏一支的"半伦敦"）的时候，气氛已经非常热烈了。我们用极端尖刻的语言互相争论。阿诺德通常每周来一次。多年以后，他向我讲起我们第一次在那家饭馆见面的情景，说我那时激动到面色发白。当时的话题是讨论埃雷迪亚的价值。我坚称他的作品完全没有意义，而一位画家鄙夷地回答道你不需要在诗中发现意义，你需要的只是声音。这时有人讲了一个马拉美和德加的故事。一次，在马拉美著名的星期二沙龙上，德加姗姗来迟。他说自己整天都在努力写一首十四行诗，但就是没找到想法。马拉美答道："哦，我亲爱的德加，写十四行诗不用想法只用字。"这立即激发了一场关于客体和诗歌局限性的讨论，活跃了整个饭桌的气氛。我竭尽自己讽刺、抨击、痛骂之所能，而我的对手，一个叫罗德里克·欧·康诺的寡言的爱尔兰人则冰冷犀利又恶毒，再没有人比他更难对付了。整个饭桌都加入辩论，我模糊地记得阿诺德带着浅浅的微笑，冷静，略带庄严，时不时地发表一句简短，教条式但绝对明智的评论。他那时很瘦，黑发光滑地梳成当时列兵的发式。比起我们，他的衣着要整洁传统得多，看上去就像个市政办公厅里的职员。当时他唯一的一部我们听说过的作品就是《巴比伦大酒店》，我们对他的态度都有点屈尊的味道。有些人读了这本书，觉得很有趣，而这就足够我们认定它毫无价值了。其余的人则耸耸肩，拒绝为这样的垃圾作品浪费时间。你读过《玛丽亚·多纳迪厄》吗？这才是有分量的东西。

阿诺德那时住在蒙马特尔，也许是德卡莱街上的一间狭小黑暗的公寓内，里面摆满了帝国式家具。那些家具显然不是真的，但他并不知情，还非常引以为豪。阿诺德是个爱整洁的人，他的公寓非常干净整齐，每一样物品都放在指定的位置，但给人的感觉却很不舒服，你没法想象有人能把这里当作家。这房间给你的感觉就像是一个人为自己精心安排的一组"布景"，他置身其中一丝不苟地扮演自己的角色，但却始终没能真正代入这个角色。在决定定居巴黎后，阿诺德辞去了一本叫做《女人》的杂志的主编职位，开始专心研习文学之路。通过马塞尔·史沃柏，他认识了几个当时的法国作家。我隐约记得他告诉过我，史沃柏曾带他见过安纳托尔·法朗士；他当时是法国文学界的泰斗。阿诺德勤勉地阅读法国文学评论，其中《法国信使》在当时最为知名；他还阅读司汤达和福楼拜，但主要是巴尔扎克的作品。他似乎曾对我说过，他花了一年的时间读完了整套的《人间喜剧》。我第一次见到他时，他刚开始读俄国作品，热情地谈论着《安娜·卡列尼娜》，认为这是最伟大的一部小说。我的感觉是，他当时还没有注意到契诃夫。等到他后来开始读契诃夫的作品时,他对托尔斯泰的仰慕就开始减弱了。

阿诺德规划的职业成功之路是很一板一眼的。他计划靠写小说挣来年度开销费用,靠写戏剧攒下养老钱。他打算先写两三本书顺顺手,然后再写出一本杰作。当我问道他的杰作会是什么类型的作品时,他说那应该有些类似于《一位伟人》①,但紧接着又说,这种文体目前为止没有为他带来任何收获,因此他只有在事业稳定之后才能再继续这方面的努力。我听着他的话,心中不以为然,因为我并不相信他能写出任何有分量的作品来。当时我刚刚通过戏剧协会上演了我的第一部话剧,阿诺德因此请我读一读他的一个剧本。他的人物很可信,对白也很自然,但他对于现实的追求使得他没能写出一句诙谐或是机灵的台词。在我看来他似乎在刻意地回避任何具有戏剧感的情节。作为一幅中产阶级的生活画,这部戏相当逼真,但我觉得它很乏味;也许这只是因为它过于超前了。

像所有住在巴黎的人一样,阿诺德也选择了一家物超所值的小饭店。这家饭店在蒙马特尔的某处,一楼,时不时地我也会上那里和他一起吃饭,各付各的。饭后我们会上他的公寓坐一会儿,听他在一架竖立小钢琴上演奏贝多芬。阿诺德做事绝对彻底。显然,作为一名蒙马特尔的文化人,一个波希米亚人(尽管是个正派、受人尊重的波希米亚人),你还必须拥有一名情妇才能完成这幅肖像。但养情妇很费钱,而阿诺德是带着一个明确目标来到巴黎的,手头的钱财有限;他很精明,并不情愿在他出于情势所迫不得不拥有的奢侈品上花费太多。阿诺德不愧是“五镇”之子②,他用一种非常个性化的方式解决了这个难题。一天晚上,吃完晚饭,我和阿诺德坐在

---

① 阿诺德·本涅特的一部重要长篇小说。
② “五镇”是指组成英国斯坦福郡城市特伦特河畔斯托克的五镇,也是阿诺德的故乡。阿诺德在他的小说中大量地以这五镇为背景。

他公寓里的那堆帝国式家具中。这时他对我说道：

"嘿，我有个提议。"

"哦？"

"我有一个情妇，每周和她呆两晚上。她每周还陪另外一位先生两个晚上。她周日打算一个人过，所以现在还空出两个晚上。我向她说起过你。她喜欢作家，我也想让她过得好，所以我觉得你要是能拿下她现在空着的两个晚上，那一定会挺不错的。"

这个建议可把我吓了一跳。

"这听上去也太无情无义了。"我回答道。

"她不是个傻头傻脑的女人，"阿诺德坚持道，"绝不是。她读过很多书，就像德·塞维尼①夫人。她的谈吐也很聪慧。"

但这并没有打动我。

阿诺德是个好伙伴，和他一起度过的夜晚一直很开心。但我并不太喜欢他本人。他自以为是，傲慢自大，但其实很平凡。我说这话并不带贬义，就像我说一个人又矮又胖一样（只是如实评述）。一年以后我离开了巴黎，从此与他断了联系。他后来又写过一两本书，但我没有去读。戏剧协会后来上演了一部他的剧作，我很欣赏，就写信向他表达了我的赞许，他也回信表示感谢，还在信中列出了那些不像我一样这么欣赏这部作品的批评家。我记不得是在此前还是此后，他出版了那本《老妇人故事》。我刚打开这本书的时候心存疑虑，但这很快就被惊诧所取代。我从没想过阿诺德能够写出这样出色的作品。我被深深地震撼了。这在我看来是部伟大的杰作。我读到过许多对这本书的赞美，该说的都已经说遍了，但只有

---

① 塞维尼侯爵夫人（1626—1696），法国女作家，唯一的作品《书简集》收有同女儿等人的通信，反映路易十四时代的宫廷生活和社会状况，有较高文学价值。

一件事还未被提及：这本书具有极高的可读性。这样一件显而易见的事似乎不需要我来特意指出，但事实上很多伟大的作品恰恰在这点上有欠缺。可读性是小说家最宝贵的礼物，这一点阿诺德即便在他最微不足道的作品中也绝不含糊。最近我又重读了一遍《老妇人故事》。尽管这本书的文笔似乎很乏味，没有光彩，偶尔掺杂其间的"文学语言"还会让你浑身打个颤，但它的可读性无与伦比。书中的人物也很真实：他们本身算不上有趣，但阿诺德的初衷本来就不是要把他们塑造得光彩夺目，而他标志性的写作技巧就是能够让你依然带着关注与同情追寻着他们的命运起伏。这些人物的动机真实可信，他们的行为完全符合你根据对他们的了解所能做出的预测。书中的情节也是完全可信的：索菲亚在普鲁士军围城和巴黎公社时期就在巴黎；对于大事件的诱惑力，抵抗不那么坚决的作家就很有可能会把这看作是一个机会，进而去描述那些恐怖的场景，痛苦和流血，将叙述提升一个调门。但阿诺德不这么做。他笔下的索菲亚依然不为所动地继续她的生活；她照顾房客，采购囤积食品，尽可能地多挣钱——事实上她的所作所为和普罗大众全无二致。

《老妇人故事》没有很快产生影响力。可以这么说，评论界对它评价不错，但没有达到热烈赞美的程度。它的发行量也很微不足道。一时间，它所受到的那些好评看起来也不过就像《莫里斯的客人》一样，很快就将被淹没在数以千计的小说中被人遗忘。所幸的是，这本书引起了一个名叫乔治·多兰的美国出版商的注意。他买下了几册书，随后又取得了它在美国的版权，从而将它推上了胜利之路。直到在美国获得了巨大成功之后，这本书才被一位英国出版商接过手来，帮助它赢得了英国公众的喜爱。

此后的许多年间，出于各种各样的原因，我记得自己没有和阿诺德见过面。即便我们见过，那也只是在文学聚会或者其他社交聚

会上,而在这样的场合我没有机会和他多说上几句话。但从第一次
世界大战后直到他去世前,我们倒是常常见面。此时他俨然成了个
人物,可不像先前我在巴黎见到的那个无足轻重的削瘦男人了。他
这时已开始发福,长长的灰发梳成一个可笑的鸡冠状,并在漫画家
的笔下名扬四海。他走起路来趾高气扬,弓着背,昂着头。阿诺德
的衣着一向整洁,甚至到了令人不安的程度,但现在他穿得可就气
派了。晚上他穿着一件挂着怀表链的花边衬衫和一件他十分引以
为豪的白背心。有段时间他买了艘游艇,穿上了游艇主人的全副行
头——游艇帽,缝着铜钮扣的蓝外套配上白裤子——没有哪个音乐
剧演员能穿得比他更像了。在一本日记中,阿诺德记述了一个我邀
请他参加野餐的故事,当时他正在我位于法国南部的家中做客。我
那时有一艘汽艇;我在戛纳接上所有的客人后启程前往圣玛格丽特
岛沐浴,品尝普罗旺斯鱼汤,顺便闲聊一阵。女客们都穿着休闲裤,
男人们都穿着网球衫,棉布衫和帆布鞋。但阿诺德拒绝穿得这样不
上档次。他穿了一件芥末色的格子套装,漂亮的短袜和鞋子,条纹
衬衫,浆过的硬领再配一条软绸领带。午餐后,突然刮起一阵猛烈
的北风,把我们困在了岛上,船就这样遥遥无期地泊在了那里。有
几位在场的客人对此可不太高兴。十二小时后,海面平静了一些,
我们终于可以冒险返航了,不少人面对危险惴惴不安。但阿诺德自
始至终一直都很镇定、自持、友好、兴致盎然。早晨六点钟,我们一
群人终于浑身湿透,胡子拉碴地回到了家,而阿诺德却依然穿着那
身漂亮整洁的衬衫外套,看起来就像十八小时前一样衣冠楚楚。

但此时的阿诺德和我以前认识的他相比,变化的不仅仅是外
表。生活改变了他。我想我刚认识他的时候,他可能心中缺乏自
信,那股自以为是的劲头也许只是用来掩盖他心中的不自信的。现
在成功给他带来了自信。这在某种程度上让他变得柔和了。对于

自身价值他已经有了充分的信心。他曾经对我说过，20世纪头二十年里只有两部小说他确信能够通过时间的检验，其中一本就是《老妇人故事》。或许他是对的。但这也取决于公众品味的风向变化。现实主义作为一种时尚总有退潮的时候。等到读者希望从小说中找到幻想，浪漫，激情，悬疑，惊诧的时候，他们就会觉得阿诺德的得意之作平凡又乏味。等到钟摆摆回原点的时候，他们又会渴望平凡的真实，合情合理的故事和能够引起共鸣的人物刻画，而这些他们都能在《老妇人故事》中找到。

我前面说过，阿诺德是个很可爱的人，就连他的怪癖也讨人喜欢。事实上，人们对他的衷心喜爱很大程度上正是归功于他的这些古怪之处；当他们嘲笑阿诺德身上的那些他们自以为没有的缺点时，这就缓解了他的非凡天赋给人造成的压迫感。他的怪癖使得他愈发受人欢迎，因为这能给其他人带来一种舒服的优越感。严格意义上说，他从来都不是英国人所认为的那种标准绅士，但他也不比汹汹涌上卢德门山的车流更庸俗。他完全不知嫉妒为何物。他慷慨勇敢。他永远坦诚地说出心中的想法；他很少想过自己会冒犯别人，因此他的确也很少冒犯。但假如他凭着自己的敏感察觉到他伤害了某人的情感，那他会通过一切合情合理的举动来弥合伤口——但仅仅是合情合理的。如果那个受冒犯的人依然不依不饶，那他就会耸耸肩膀，说一句"笨蛋"，然后就把他抛到脑后。他自始至终都保留着一份动人的纯真。他坚信自己精通两件事：金钱和女人。而他的朋友们却一致认为这是他自己的幻觉，时不时地就会给他惹上麻烦。尽管他头脑清醒——实际上他的头脑比我们大多数人都要清醒——但他依然犯下了许多小说家共有的错误：按照自己笔下某部小说的情节模式来安排生活。在虚构的作品中，作者尽可以操纵一切，凭着娴熟的技法大体上就能够让人物按自己的意愿行动。但在现实生活中，与人交往可没那么容易。

阿诺德去世后，我惊讶地发现他的讣告措辞总体上是如此地屈尊俯就，把他对气派奢华的痴迷和他对豪华列车、顶级酒店的热衷抖出来大大取笑了一番。阿诺德从来没有对富裕感到习以为常过。他曾经对我说："只要你挨过穷，你内心里就一辈子是个穷人。"他接着又说，"即便我完全坐得起出租车，可我还是经常走路，因为我就是没法允许自己浪费那一个先令。"对于奢侈他既仰慕，又反对。

阿诺德晚年时对于文学评论倾注了很多时间，而且很多是负面评论。他热衷于自己在《标准晚报》中的地位，面对评论给他带来的权力感和自己文章引起的波澜他十分受用。那种即时的反响就像演员在一幕成功的表演后收获的掌声一样，满足了他的现实感。这给了他一种面对现实身在其中的幻觉，而这种感觉对于作家来说尤其诱人，因为他的职业不可避免地会让他产生一种孤独感。阿诺德不论想到什么，都会既无顾忌，也不讨好地说出来。他看不起娇气，做作，自负的人。如果他对某个名气很响但读者寥寥的作者评价不高，那他的看法很可能是有道理的。他对生活比对艺术更有兴趣。阿诺德只是个业余评论家；职业评论家很可能会怯于生活，不然的话他不太可能会全身心地沉浸在阅读书本，评判书本之中，而不去感受生活的紧张与纷杂；他更愿意在生活的汗水干去，人性的呛人气味不再直冲鼻孔的时候再回头审视生活；他能够理解笛福的现实主义和巴尔扎克那喧杂的活力，但对于他自己这个年代的作品，他更愿意欣赏那些用刻意的文学笔调来软化粗糙现实的作品。

我想，这就是为什么阿诺德的那本《老妇人故事》在他死后受到的赞美不像人们想象的那样热烈的原因。有些评论家说，不管阿诺德有着怎样其他的品质，他总是具有美感；他们还引用他笔下的段落来展示他的诗意和神秘主义情节。我不明白这些评论家为什么要强调阿诺德身上远远不够的东西，却忽视了他真正的力量和价值所在。阿诺德既不是神秘主义者，也不是诗人。他感兴趣的是实实在在的东西和普通人的喜怒哀乐；就像所有作家一样，他用的是自己的性情在写作。

阿诺德有严重的口吃；看着他费力地把话从嘴中挤出真的是件很痛苦的事。这对他是种折磨。很少有人意识到说话究竟有多么令他精疲力竭。对大多数人来说像呼吸一样轻松的事，对他却是一种无休止的折磨；这简直把他的神经撕成了碎片。也很少有人了解这给他带来的耻辱，引来的众多嘲笑，惹来的不耐烦，被人视作乏味的尴尬，还有心生妙句却不敢出口，生怕口吃惹祸的那种难受。也很少有人知道这给一个整天与人打交道的律师①带来了怎样的压抑感。也许恰恰是口吃迫使阿诺德发展出一种内向的性格。但我想这也同样有力地证明了他个性的坚强与理智，即便面对如此的障碍他依然保持着非凡的平衡心态，并能用平常的视角看待平常人的生活。

《老妇人故事》无疑是他最优秀的作品。他一直渴望再写一部相同高度的作品；既然这本书的创作靠的是纯粹的意志力，那么这在他看来当然可以再重复一次。他在《克莱汉格》中进行了一次尝试；它一度看起来就要成功了。我想他的最终失败应该归因于素材的枯竭。在完成《老妇人故事》后，他已经没有足够的素材来完成构想中的庞大体系了。没有哪个作家能从一条矿脉中开采出超过限额的矿石。一旦他达到那个极限，这条矿脉就只能留待别人来开采了，尽管它的藏量依然奇迹般地同之前一样丰富。阿诺德在《雷

---

① 阿诺德早年曾在父亲的律师事务所中工作。

格勋爵》中又进行了一次尝试,接着在《帝国宫殿》中作了最后一次努力。关于这本书,我想他的题材选择有问题。他自己对这个题目非常感兴趣,结果就理所当然地认为它能引起普遍的共鸣。另外他对材料的收集也是程序化的,是草草写在一本本笔记本里的,而不是像《老妇人故事》那样在不经意间点滴收集来的,印在他骨髓里,脑海中,心灵中的旧日的回忆,不是写在纸上的白纸黑字。但阿诺德将最后的精力和决心都花费在了描写一座旅馆上,我想这个举动本身就有某种象征意义。因为在我看来,他在世上从来没有过家的感觉。世界对他来说也许就是一座豪华旅馆,有铺着大理石的浴室,有精美的菜肴,他身在其中也只是一个匆匆过客。在这里,他置身于众人中间,既赞叹喜悦,又有点害怕做错了事,所以从来没有完全放松过。就像他许多年前在德卡莱的那间小公寓向我暗示的那样——一个过于谨慎扮演的角色——我感觉生活对他来说就是一个他用心扮演的角色,而且演得出色,但他从来没有真正地代入这个角色。

我记得他有次紧握着拳头捶打膝盖,逼着那几个字从自己抽动的嘴唇中吐出:"我是个好人。"他的确是。

VI

本文开篇时我曾经提到,我是通过伊丽莎白·罗素认识亨利·詹姆斯的。许多年来我和她只有淡淡的交往。不过她后来在穆然附近为自己建了一座房子,离我家只有一个小时的车程。从那以后我们的见面就变得频繁了,我也因此对她增添了很多的了解。伊丽莎白·罗素靠三本书奠定了自己的名望:先是在她还是冯·阿宁伯爵夫人时创作的《伊丽莎白和她的德国花园》,然后是一些小说,其风格是英国作家从未成功尝试过的——一种既轻松诙谐,又不侮辱智力的小说风格。我想英国人一向对既有趣又易读的作品持怀疑态度。他们乐于接受闹剧，但高雅喜剧却给他们一种莫名的不适感。也许是他们觉得作者在故意取笑他们。的确，伊丽莎白喜欢轻佻地谈论我们更愿意认真对待的问题。她是个小巧丰满的女人，不漂亮，但长着一张讨人喜欢，坦诚直率的脸，而她的真实个性却和这张脸完全不符。皮尔索尔·史密斯的一句格言说道："温柔善良的心，配截然相反的舌——这就是世上最好的伙伴。"我不知道伊丽莎白的心是不是这样的——我只知道她对狗的确温柔善良——但她的舌头确实既不温柔，也不善良，所以她是个很好的谈伴。她看待同伴的方式极其清醒冷静，这在有些人看来甚至近乎于犬儒主义了。她的书房中挂着这样一句引言："宁静，完美的宁静，远离心爱的人。"这真是太能代表她的个性了。她说话声音小小的，语调很天真，这愈发使得她说出来的话令人震惊。我记得有次邀请她来我家吃午饭，因为她的老朋友 H. G. 恰好在我家客居。H. G. 当时刚刚出版了自传，谈话中他提到自己还特意去看了看那座他度过童年的房子——"上园"。他的母亲曾做过房屋女主人的贴身侍女，许多年后又返回那里做管家。H. G. 因此时不时地也会在那儿住上一段时日——当然是像俗话说的那样"呆在楼下"①。

"这次，H. G. ，"伊丽莎白用她那惯常的天真口吻问道，"你是不是从前门进去的？"②

这句话当然是想让他难堪，而且她也一度成功了。H. G. 脸上略有些泛红，他苦笑了一下没有回答。后来另一位客人问伊丽莎白，她究竟为什么要问这样令人尴尬的问题。伊丽莎白大睁着眼

① 在过去的英国，楼下是指仆人的房间，主人则住在楼上。
② 按照英国旧俗，有地位的客人才能从前门进屋，接受主人的郑重接待，而地位低下的人只能从后门进屋。

171

睛,用一副全然无辜的姿态回答道:"我就是想知道。"

我有次问伊丽莎白,我经常听到的一个关于她的故事是不是真的:话说她的丈夫重病卧床,伊丽莎白却给他读了一本自己的作品,书中对他进行了一番极其尖刻的描绘。当她读完最后一页时,她的丈夫扭头面壁,一命呜呼了。伊丽莎白面无表情地看着我说:"他那时病得很重,不管怎样总是要死的。"

伊丽莎白很长寿,她自始至终都保持着一种自得的神情,正像一个清楚自己对男人魅力的女人。在我结束对伊丽莎白的回忆之前,我还要转述一个她亲口告诉我的故事。这故事不但典型,而且有趣,如果被人遗忘的话那就太可惜了——我不知道她有没有告诉过别人这件事。伊丽莎白当时正同第二任丈夫罗素勋爵一起住在"电报山"上。一天早上,她走进厨房,发现厨娘正在倒抽凉气,便问她出了什么事。厨娘告诉她,她刚刚切掉了一只母鸡的脑袋,打算拿她做晚餐,结果这只没头的母鸡居然下了个蛋。

"给我看看",伊丽莎白说。

她盯着这只蛋寻思了一会儿,然后说:

"拿这只蛋给勋爵阁下作明天的早餐。"

第二天早上,她和丈夫面对面坐在餐桌前,看着他吃下了那只煮鸡蛋。这时伊丽莎白问道:

"弗兰克,你注意到这只蛋有什么奇怪的吗?"

"没有。它有什么特别的地方吗?"

"噢,没有。"她回答道。"除了一点:它是一只死母鸡下的。"

他吃惊地看了她一眼,一下子跳到窗前开始呕吐。伊丽莎白这时带着端庄的微笑对我说:

"你知道,从那以后我想他就没有真正地爱过我了。"

在这篇文章的最后,我想回忆一下我和华顿太太①的唯一一次
会面。那时她已经成为了一位非常知名,饱受尊敬的小说家。她的
短篇小说构思新颖,结构精巧;她的《伊坦·弗洛美》是一本关于新
英格兰乡村民众的优秀小说。但第五大道上的那些时髦富裕,在纽
波特拥有豪宅的居民才是她的主要兴趣所在。她描写的是美国的
一个早已成为历史的文明阶段;她笔下人物的举止风俗,他们对待
问题的方式和遇到的困难与现今的一切大相径庭;我们唯有相信她
的描述,因为我们知道她写的都是自己的记忆。她的小说因此具有
了某种时光的魅力,就像老画一样,这种魅力不取决于它们本身的
艺术价值。变幻的时尚使得女式裙衬和撑架在今天看来已经显得
荒唐了,但随着时光的流逝,这些东西都变成了"戏服",给我们一
种令人莞尔的愉悦。华顿太太的文笔轻松愉快且很有特点。她应
该在美国文学史中占有一席之地,即便只是个次要位置。

华顿太太定居巴黎,但有时会短暂地来到英国——我猜她是为
了见她格外敬重的密友亨利·詹姆斯。这时她就会在伦敦住几天。
一次,圣海丽尔夫人邀请她一同午餐,同时也邀请了我。夫人在波
特兰有一座大房子,很爱招待客人。人们喜欢嘲笑她攀结名流,但
同时也很乐意接受她的邀请,因为在她的聚会上肯定能遇见优秀,
有趣或者臭名远扬的人。一次某人因为一起极其冷血残忍的谋杀
案受审,而他的出身和往事令这起案件一时成为上流社会的谈论焦
点。这时一个聪明的年轻人问另一个人是否认识被告。"不,"对
方回答道。"但假如他没有被送上绞架的话,那我一定能在圣海丽
尔夫人下周的聚会上见到他。"我应邀出席的宴会格调很高;除了华

---

① 指美国著名女作家伊迪丝·华顿(1862—1937),《欢乐之家》、《纯真年代》、《伊
坦·弗洛美》的作者。

顿太太外我就是在场的唯一作家了,因此午宴结束后华顿太太邀我
去她房间单独谈谈。她坐在一只法式小沙发上,落座的姿势让你感
觉那沙发就像是王座一样。她没有表示和我坐在同一张沙发的意
思,因此我就搬了把椅子坐在她面前。她是个小巧的女人,眼睛漂
亮,五官平常,苍白洁净的皮肤紧绷在脸部的骨骼上。她的衣着端
庄华贵,符合她出身高贵,家境优裕的文学女性身份。和她相比其
他在场的女士尽管也都地位显赫,却都显得土里土气。我们的谈话
是她说我听——她的谈吐极好,在二十分钟的时间里用轻盈恰当的
话语穿越了绘画,音乐和文学的疆域。她没有说一句老生常谈的
话,字字准确公允。对于莫里斯·巴雷斯,安德烈·纪德和保罗·
瓦莱里,她所说的都千真万确。我没法不赞同她对德彪西和斯特拉
文斯基的精辟见解;当然她对罗丹、塞尚、德加和雷诺阿的看法也都
让人击节。我从未遇到过像她这样洞察如此敏锐,评论如此合理,
艺术感官如此卓越的人。

　　尽管我在文学界的朋友不把我看作知识阶层的一员——这很
令我遗憾——但我其实非常喜欢同有修养的人交谈,而且我觉得自
己完全能够胜任这样的对话(也有可能是我高估自己了)。的确,
当我轻轻地把他们领上神秘主义的花园小路时,当我同他们谈起大
法官迪奥尼西奥斯①和弗莱·路易斯·德·莱昂②,并适时地插入
一两句商竭罗③时,经常能说得他们大张着嘴,活像被扔在河岸上
的鳟鱼。但华顿太太完全将我折服了。大多数人都有一个盲点;许
多人在欣赏品味方面遁入歧途。我曾经在欣赏一出歌剧时坐在了

---

① 据《圣经·使徒行传》记载在使徒保罗的传道下皈依基督教的雅典大法官。
② 德·莱昂(1527—1591),西班牙神秘主义者、诗人,曾给予西班牙文艺复兴时期的
　　散文和诗歌以重大影响。
③ 印度教吠檀多不二论哲学的集大成者。

一位地位显赫，才华卓越的女士身后。那场歌剧演的是《特里斯坦和伊索尔德》。第二幕结束的时候她起身紧了紧貂皮披肩，转身对女伴说："我们走吧。这出戏的情节太少了。"当然她说得没错，但也许那不是问题的重点。有些既聪明又敏感的人就是喜欢威尔第胜过瓦格纳，喜欢夏洛蒂·勃朗特胜过简·奥斯丁，喜欢冷羊肉胜过冷松鸡。华顿太太却没有丝毫弱点；她的品味无可挑剔。她只欣赏应该欣赏的东西。但人性就是这样地叛逆（至少我的人性是这样的），最后在华顿太太面前我都开始觉得有些坐立不安了。假如我能在她那身由无可指摘的优雅精制而成的盔甲下面找到哪怕一丝缝隙，都将是对我莫大的安慰——假如她能对某些极端庸俗的东西偷偷地表达一丝温情，譬如承认她暗地里为玛丽·洛伊德①发狂，或者坦白她每晚都去维多利亚宫听《兰贝斯舞步》②——尽管那时这首歌还没有让世界为之倾倒——那该有多好啊。可是她没有。她只谈论恰当的人，只说恰当的话。最糟糕的是，我不得不同意她说的每一个字。我没法让自己说出莫伊奥尔③乏味，纪德愚蠢这样的话。她对谈到的每一个人物都轻轻带过，没有任何学究气，说出的话也和我自己、或任何思维清晰的人不谋而合。我再也想不出比这更恼火的事情了。

最后我问她："你对埃德加·华莱士有什么看法？"

"谁是埃德加·华莱士？"

"你从不读惊险小说吗？"我问。

"不。"

① 当时著名的音乐厅女歌手，被誉为"音乐厅女王"。
② 根据一部 1937 年的音乐剧中同名歌曲改编的走步舞，并在 1938 年后风靡英美，反映的是伦敦下层的通俗文化。
③ 莫伊奥尔（1861—1944），法国雕塑家、画家。

再没有哪个单音节能像这个字一样包含着这么多冰冷的不悦、震惊的不满和受伤的惊讶了。我不敢说她脸色发白——她毕竟是个饱经世故的女人,本能地清楚该如何应对失礼——但她的眼睛开始游移,嘴唇上挤出一个有些做作的微笑。那一刻我们俩都尴尬极了。她的仪容就像是一个自己的端庄体面受到男人无理要求冒犯的女人,但凭着良好的教养她知道忽略要比发作更有尊严。

"恐怕现在有些晚了,"华顿太太说道。

我知道谈话就此结束了。从此我再也没有见到过她。她是位值得钦佩的女人,但不太对我的胃口。

译后记

　　毛姆曾经说过,他喜欢站在远处静静观察形形色色的人物,不喜欢和人们面对面地交流。他内向、羞涩、拙于情感交流,但同时又理智、从容、对人性有着深入骨髓的洞察。这样一组性格组合使得他正如《我认识的小说家们》中自我评价的那样,更容易被人逗乐,而非心怀崇敬。人性是他站在画架前冷静描绘的客体,而非抒情的对象。

　　如果说在小说中毛姆需要借助人物和叙事,以戏剧化的方式展现人性的话,那么在这本随笔中他可以不加掩饰地将他最擅长的写作姿态从容、优雅地展现在读者面前——一个冷静,中立的观察者,不时对呈现在眼中的人性光谱莞尔一笑,既不感动也不评判。但这还不是全部。没有人能够彻底脱离情感需求,即便是像毛姆这样内向冷静之人。对人的冷淡——或中立(取决于读者的视角)——另一方面却促使他将全部的热情和爱投入到了精神追求之上。毛姆一生钟爱绘画,对于艺术审美有着深刻的思考和体验。《苏巴郎》一文是整本书中情感最炙热,最动容的一篇。感动作者的不是画家本人的坎坷经历,而是其精神价值在作者心中激发的强烈共鸣。将文中对苏巴郎的生平记述同对其作品的艺术评论做个对比,我们可以清晰地感觉到后者不但是文章的重心,更是毛姆的情感焦点。这样一种感情色调的冷暖对比在另两篇文学与美学评论(《对伯克的读后感》和《对于某本书的思考》)中同样一目了然。这一对比事实上折射出的是毛姆潜意识中的价值取向——人性的渺小短暂与精神世界的崇高永恒,而唯有通过精神追求人性才有可能在某个短暂的瞬间得到救赎。

　　毛姆是一个观察者,习惯于让时间在他和观察对象之间分隔出一道沟壑。这六篇文章讨论的都是过往的人物,作品和观点,近则十数年,远则数百年。这些主题和素材即便在他那个年代也既不时髦也不新颖。毛姆对于时髦有着本能的不信任。在一个现代主义鼓声震天的时代,他的评论主题在"纯文学家"眼中就像他的小说风格一样"过时","庸俗";难怪他自己也清楚他从未被看作是"知识阶层"的一员。但他并不在意,因为在毛姆看来,那些雄心勃勃想要开创一个崭新时代的努力注定是徒劳的。对人性的洞察使他坚信,人性永不改变,也不会改变,尤其是人性中的缺陷。在艺术领域,他是一个彻头彻尾的保守派,保守得深入骨髓。他一定会认同那句古谚:阳光之下本无新鲜事。

　　《忆奥古斯都》是一篇半传记式的追忆录,文中作者不动声色地素描了在一个令人压抑的时代中生活死去的一个令人唏嘘的背影,不动声色得近于无情。维多利亚时代在作者成文之时业已成为遥远的过去,成为了道德高压,虚伪,社会等级森严的代名词。文章在某种程度上证实了这些看法并非全是后世的偏见;很多人物——像奥古斯都的母亲和毛瑞斯姐妹——简直就像是从某本十九世纪的小说中走出来的一样,对道德感的偏执和对情感的压抑完全达到了戏剧化的程度。但毛姆的写作目的绝不是要纵容读者发泄对那个年代的优越感。他以手术刀般的锐利与无情剖开了主人公和一个个人物的心灵纵面——在他们那厚厚的道德外壳之下,抛开那无尽的繁文缛节和阶层偏见,是一个个普通平凡的人性,赤裸又可怜。不论在重重社会重压之下它们以多么怪诞荒唐的形式表现出来,但其核心脉络对于后世来说其实并不像表面上那么陌生。人性,在作者笔下,从来就没有多少改变。那个以如此非人的方式对待侄儿的艾瑟婶婶，表面上看仿佛是维多利亚道德观的完美化身，但事实上却是在用这种变态的方式满足着她那超越自身卑微出身，报复等级制度压抑的正常心理。而这位对族谱，家世和攀结显赫表亲狂热到近乎偏执的奥古斯都，其实终生都躲在家族辉煌过去的自我编织的童话中；那个时代对门第的偏执既压抑了他，又庇护了他那不健全的人格，使他终身不必面对现实。

毫无疑问，在毛姆那个年代的读者看来，奥古斯都的那个世界是荒唐的。这是一个时代对上一个时代的回忆。但毛姆的那个时代也离现在的我们远去了。在今天的人们眼中，它又何尝不是荒唐的呢？那个刚刚从一战史无前例的杀戮中得到片刻喘息，就又迫不及待地被拖入下一场残酷血腥程度几乎摧毁西方世界信仰的战争；那个被经济大萧条的绝望，疯癫与剧痛折磨的时代；那个见证了狂热民族主义的恶性膨胀与爆炸的年代……和多灾多难的二十世纪前半叶相比，奥古斯都的年代似乎成了真正的童话，可毛姆的同时代人——现代主义者们却对"进步"信心满满……这是傲慢还是讽刺？而我们自己呢？我们真的就能确信我们的时代找到了超越人性缺陷的钥匙，确信我们的道德观是真理，确信我们的后代不会以相同的难以置信的眼光看待我们，就像毛姆的读者看待奥古斯都一样？但如果毛姆是正确的，如果人性真的从未改变过，那我想过分的道德自负在任何时候都是不可取的。

《苏巴郎》则是一篇美学评论，是毛姆以半个同行的身份对一位十六世纪的西班牙画家及其作品的剖析。热爱美术的读者当然可以用专业的眼光审视文中涉及的许许多多流派与作品，与毛姆进行跨越时空的切磋。但对美术不太了解的读者也大可不必有疏离感，因为这不仅仅是一篇美学论文。这事实上是毛姆以作家的笔触创作的一篇具有象征意义的心灵奥德赛，讲述的是一个被世俗与自身个性束缚的灵魂如何在追求精神升华的漫漫旅途中,在经历了种种命运坎坷与创作艰辛之后,最终在某个神迹般的瞬间超越了自我,达到了精神疆域的最高成就——创造美。"这就像是上帝的恩泽最终沐浴在了他身上,"毛姆最后写道。这样一位不动声色到有时近于刻薄的作家(据说在一次晚宴上连英国女王都拒绝坐在毛姆身边)这时居然饱含真情地向这样一位"苍老憔悴",像可怜的老狗一样"仰望着救世主"的老画家表达敬意,这本身就是一件值得动容的事。

毛姆生活在一个尼采宣称"上帝已死"的时代。从他的字里行间我们读不出他对"上帝"有任何特殊的依恋。因此当他写下"上帝的恩泽"时,他心中所指的并非是基督教的上帝,而是缪斯。文中毛姆用了大段炙热的文字描述美的冲击,将美与宗教体验的巅峰——神秘主义相提并论,这样湍流的情感对于毛姆来说是不多见的。旧的宗教虽然式微,但它塑造的信仰和价值模式却是一份持久的遗产。偷食禁果的原罪隐去了,但人性的渺小与缺陷却成为了新的原罪;上帝的救赎远去了,但精神的救赎与超越却成为了新的圣经,而这条新的救赎之路通向的不是天国,而是美。美是唯美主义者的上帝,可能也是毛姆心灵深处的救世主。苏巴郎的故事是毛姆通过心灵之眼看到的一个缪斯的信徒如何得到拯救与精神永生的故事,这个故事最终感动了他自己。当然,苏巴郎和他的作品在读者眼中是否能带来相同的美和精神升华,这个问题完全可以留给热爱美术的读者去探讨。但这个问题的答案并不影响我们理解与感悟毛姆的这篇"美的救赎"。

《侦探小说的衰亡》是一个侦探小说的热心读者在这个流派的鼎盛时期对其要素、模式和历史所作的充分总结。应该说毛姆的洞察力是值得钦佩的。他不但跟踪了侦探小说的发展轨迹,而且令人信服地揭示了形成这条轨迹的深层原因,甚至做出了"侦探小说已死"的预言。譬如,他敏锐地观察到一个成功的创作要素总是无一例外地吸引来蜂拥而至的模仿者,而他们所谓超越原作的方法就是越来越失控地滥用、夸张、扭曲原作,直到最终将其毁掉。侦探小说的死亡最终归因于对其创作可能性的彻底穷尽。这些观察不但适用于侦探小说,而且可以推广至其他的文学领域。(当然,毛姆落笔时不可能预见到"硬汉流派"后来催生了风靡全球的好莱坞动作电影,这些硬汉形象直到今天还活跃在各种"大片"的银幕上——像打飞苍蝇一样打飞坏蛋,身边总有金发女郎投怀送抱,惨遭痛殴却就是金刚不坏……毛姆看了一定会觉得似曾相识。人性果然很少改变。)

　　文中另一个值得关注的地方就是毛姆对现代文学的评论,虽属一笔带过,但却是对他文学观点的清晰一瞥。作品的可读性,毛姆写道,是作家的最大财富;听故事的欲望就像人类本身一样古老。因此现代文学完全背弃故事性的做法在毛姆看来无疑是愚蠢的。他还相信后世还"故事大王"侦探小说家们(言外之意可能也包括其他注重故事性的文学家,比如他自己)一个公正,而将"严肃小说家"们赶下宝座。实事求是地说,毛姆的这个预言暂时落空了。紧随现代主义的不是对故事性的回归,而是同样摒弃故事性的后现代主义,其可读性更加惨不忍睹。那么这一现象该如何解释呢?译者这里想提醒读者一个事实:文学与大众的疏离从未像今天这样严重过。只要将当年《大卫·科波菲尔》伦敦纸贵的热烈同去年诺贝尔文学奖得主的默默无闻作个对比,这一点就再清楚不过了。完全没有娱乐性的纯文学和完全没有文学性的"纯市场"快餐占据了显著的两极,文学界成了一个和大众几乎彻底隔离的孤岛,一个自言自语的乌托邦。文学从当年拨着竖琴的游吟诗人演变成今天这样一种情形,这果真是进步吗?彻底脱离生活的文学有足够的活力持久、发展吗?时间会给我们答案的。

《对于某本书的思考》是一场发生在一个哲学家和一个作家之间的对话,主题是关于美。有趣的是,两人对美的切入点完全不同:哲学家从纯理性,纯思辨的角度讨论美的本质和意义,而作家则是从自身的创作体验出发感性地描述美是如何被创造的。作者不无调侃地讲述了康德完全缺乏情感能力的故事;他这样做不是为了否定康德的美学观点。相反,这更加强化了康德那"智慧的大脑袋"作为人类理性巅峰的象征意义。这注定是一场没有共同语言的辩论。哲学家眼中的"美"是人类理性思维能够达到的普遍真理,是不依赖于个人感官的。而在毛姆这位艺术家眼中的美却是完全个人化,个性化的情感冲击;"每个人都是用自己的全部个性和经历在读画",毛姆这样写道。哲学家和艺术家对于美截然不同的立场是完全可以理解的。哲学家的终极目标是为整个世界的存在找到一个终极的解释,一切的发生都必须被纳入一个完整,自洽,普适的世界体系中,包括美。可对于艺术家来说,美是他生命的全部意义,是他精神的通天之路。当美在他手中绽放的一瞬间,世界都不再重要,通过美他的生命得以不朽。如果美不是他的造物,不是他精神和灵魂的结晶,而是归因于某个冰冷的,普适的,理性的因果关系,那简直就是把他的生命价值等同于一个齿轮。这是任何艺术家都不能接受的。

有趣的是文章最后康德和毛姆居然就美的道德意义达成了某种共识;这的确有些出乎意料。(我们有些惊讶地发现,原来毛姆这样一位不会对任何人性弱点感到惊讶的旁观者也会考虑道德问题。)康德认为,美的全部意义就在于能够使人格高贵,不然的话就只是有害的纷扰。毛姆部分认同了这一看法。他一面哀叹唯美主义者普遍的道德堕落——不论在哪个时代似乎艺术家都是放荡不羁的代名词——一面坚信,除非美能够带来道德进步,否则审美快乐就和其他所谓低级趣味的快乐没有任何优劣之分。毛姆的这个结论究竟是在否认美的崇高性,还是在暗暗希冀终有一日美能够实现其崇高性? 作为一个美的信徒,我想毛姆心之所向的是后者。

《对伯克的读后感》在结构上同《苏巴郎》有着很大的相似之处,这也许反映了毛姆对于远离自己的历史人物的一种解读模式。文章前半部分毛姆同样冷静地叙述了伯克的生平,毫不留情地揭示了他冲突矛盾的个性,披露了埋藏在他道义光环下的肮脏行径。然而,毛姆并没有给伯克扣上一顶"虚伪"的帽子——他对于人性的洞察正体现于此。他意识到伯克心中真实的道义感与他同样真实的非道义行为是处于分裂状态的,他能够固执地对不符合内心自我形象的一切证据与事实视而不见——毛姆对此评论道,"我不知道该把这种缺陷叫做什么,但它既不是虚伪也不是欺骗。"而惟有在他的书房中,当他挥毫写下那些气势恢宏的激昂文字时,"我们才能对伯克说'风格即人'"。因此,写作既是他心中道义的避难所,又是他实现理想自我的救赎之路。

对有志于在英语写作上领悟大家风范的读者来说,文章后半部分对于伯克文笔的剖析倒不失为一篇修辞与句式运用的绝佳教材(深悟其道的读者一定能写出满分 GRE 作文——笑谈)。译者在试图翻译伯克原文时不能不对现代汉语在某些表达能力上的欠缺深有感触。现代汉语的诞生归功于五四先贤用西方语法对汉语进行的一次重构,是对古汉语的一次脱胎换骨。但从本质上说,汉语依然没有摆脱以短句为核心的特征,而短句在书面表达某些逻辑关系与结构复杂的语意时,其欠缺是显而易见的。这一点在翻译伯克的大段复合句时尤为明显。汉语虽然源远流长,但现代汉语的诞生不过百年,而且某种程度上说是一种人造的语言,欠缺之处在所难免。从这个意义上说,汉语的现代化之路还远没有完成,绝不应该过早地陷入僵化。

《我认识的小说家们》记述了作者同一系列著名小说家的交往经历,其中有几个名字对于熟悉文学的读者来说一定如雷贯耳:亨利·詹姆斯,H·G·威尔斯,阿诺德·本涅特。正如毛姆自己所说,他那种冷眼旁观的个性使他很难同任何人成为挚交,所以他同这些对象间的关系至多仅仅是投机的伙伴,谈不上亲密无间的朋友。因此这篇文章并不是对友人充满感情的追忆,而是文学评论与个性分析的理性结合。如果说毛姆提笔时心中有一个清晰的总纲,那就是"风格即人"。对于熟悉这几位作家的读者来说,毛姆勾勒出的这几幅肖像是如此地可信,如此地贴合其作品,我们不能不怀疑,究竟是他们的作品影响、塑造了毛姆对其个性选择性的回忆与感知,还是毛姆对其个性的了解主导了他对这些作品的解读。以H·G·威尔斯来说,他的很多所谓"科幻小说"其实有着强烈的政论性。他的那本《时间机器》根本不是充满幻想的浪漫时空旅行,而是一篇令人毛骨悚然的政治预言,讲述了一个阶级对立最终将人类分裂成两个相反物种的可怕未来。读完这部小说,你几乎可以断定作者是个社会主义者——而根据毛姆的叙述,他的确热切地鼓吹社会主义。(好莱坞前些年改编的同名电影将这部作品彻底庸俗化了,其政治意义荡然无存。没有读过原著的读者切不可被其误导。)而他的另外一篇《隐形人》事实上是对恐惧被用作政治武器的警示录,文中他借主人公之口以近乎演讲的形式直截了当地阐明了其政治观点。这听起来简直就像是对现代恐怖主义的预言,而作者更像是一个政论家,不是一个文学家。毛姆对于威尔斯的所有描述与回忆虽然透露了很多不为人知的细节,但它们都无一例外地将读者脑海中 H. G. 的既有形象勾勒得更为清晰、逼真、可信,绝没有抵触推翻这一形象之处——这简直就像是毛姆笔下创作的一个人物角色了。

　　《随性而至》首版于 1952 年,其中这六篇文章的确切写作时间译者无从知晓,唯一能够推断的是它们大致作于二战后的这六七年内。此时毛姆的几部成名作业已出版,他作为一名作家的创作观与文学观也已成型。我们有理由相信这些文字的确是他内心世界的真实流露,是他随性而至地娓娓道来。

宋　金

2010 年 5 月

图书在版编目(CIP)数据

随性而至／(英)毛姆(Maugham, W. S.)著;宋金译.
—上海:上海译文出版社,2015.4(2022.9重印)
(毛姆文集)
书名原文:The Vagrant Mood
ISBN 978-7-5327-6916-2

Ⅰ.①随… Ⅱ.①毛… ②宋… Ⅲ.①随笔-作品集
-英国-现代 Ⅳ.①I561.65

中国版本图书馆 CIP 数据核字(2015)第 013478 号

随性而至
[英]毛姆／著 宋金／译
责任编辑／冯 涛 封面设计／张志全工作室

上海译文出版社有限公司出版、发行
网址:www.yiwen.com.cn
201101 上海市闵行区号景路 159 弄B座
浙江新华数码印务有限公司印刷

开本 850×1168 1/32 印张 6 插页 6 字数 127,000
2015 年 4 月第 1 版 2022 年 9 月第 6 次印刷
印数:12,501-14,000 册

ISBN 978-7-5327-6916-2/I·4189
定价:48.00 元